아티크 라히미

꿈과 공포의 미로

프랑스어 번역
사브리나 누리

한국어 번역
김주경

현대신서
131

꿈과 공포의 미로

Atiq Rahimi

Les mille maisons
du rêve et de la terreur

© P.O.L éditeur, 2002

This edition was published by arrangement
with P.O.L éditeur, Paris
through Sibylle Agency, Seoul

내 어머니를 위해
그리고 사라져 버린 어머니의 꿈을 위해

깨어 있는 것보다 나을 게 없는 꿈이라면,

차라리 잠들지 마라!

—— 샴 드 타브리즈, 13세기

(마칼라, 6/662)

— 아버지?

— 네 아비는 저주받아 마땅해!

난 지금 암흑 속에 있는 걸까? 아니면 눈을 감고 있는 걸까? 아마 양쪽 모두겠지. 지금은 밤이고, 나는 잠을 자고 있는 거다. 하지만 난 지금 생각을 하고 있다. 어떻게 그런 일이 가능하지?

아니다. 난 지금 깨어 있다. 단지 눈을 감고 있을 뿐이다. 나는 자고 있는 중이었다. 그런데 꿈속에서 어떤 아이의 소리가 들렸다. ― 아버지!

어떤 아이일까? 어떻게 그 애를 알 수 있을까? 목소리밖엔 들리지 않았는데. 어쩌면 아버지를 찾고 있는 어린 '나'인지도 모른다.

― 아버지!

또 그 아이의 목소리가 들린다! 이번엔 꿈이 아니다. 바로 내 머리맡에서 들리는 것만 같다. 눈을 떠야 해.

― 넌 누구니?

내 물음이 입 밖으로 나오지 못하고, 가슴속에서 꺾이고 만다. 생생한 아픔이 관자놀이를 찌른다. 눈앞에 있는 검은 베일이 더 두터워진다. 그리고 머릿속은 침묵으로 더욱 무겁게 가라앉는다.

어린아이는 어디로 갔을까? 아이의 목소리에는 고통이 묻어 있었고, 냄새도 있었다. 진흙 구덩이 냄새가 났다. 깊은 우물. 물은 없고, 진흙만 가득 찬 깊은 우물의 맨 밑바닥에서부터 올라오는 목소리처럼.

— 아버지!

누가 알랴? 어떤 아이가 우물 속이나 깊은 구덩이에 빠져서, 아버지에게 살려 달라고 외치고 있는 건지. 하지만 어떤 우물이지? 어떤 구덩이? 그렇다면 난 지금 집에 있는 게 아니란 말인가? 틀림없이 지금 나는 집에 있다. 내 침대에 누워 아직 깊이 잠들어 있다. 난 자고 있고, 목이 마르다. 그리고 꿈속에서 물이 없는 우물을 보고 있다.

— 아버지?!

아니다. 이 목소리는 우물 밑바닥에서 들려오는 소리도 아니고, 꿈속에서 들리는 소리도 아니다. 그 목소리는 지금 여기 있다. 바로 내 머리맡에. 음파의 진동이 느껴진다. 그리고 그 단어를 내뱉고, 그 단어를 차가운 내 귓가로 가져오는 뜨겁고 불안한 숨결이 느껴진다.

왜 난 그 아이를 볼 수 없는 걸까?

— 아버지!

— 쉿! 조용히 하렴! 안에 들어가 있어!

이 목소리는 또 누구란 말인가? 어머니?

— 어머니!

이 외침도 나의 메마른 목구멍 속에서 죽어 버리고 만다. 난 여전히 꿈속에 있다. 아니, 꿈이 아냐. 이건 악몽이야. 그래, 내 외침은 지금 악몽 속에 갇혀 있다. 깨어 있는 것처럼 느껴지는 악몽 속에 있는 거다. 눈이 뜨기를 거부하고, 팔이 움직이길 거부하는 악몽 속에. 말할 수 없는 상태, 그리고 움직일 수 없는 상태.

할아버지는 말씀하셨지. 다몰라 사이드 무스타파의 말에 의하면, 영혼은 우리가 잠이 든 동안 다른 곳으로 간다고. 그리고 그 영혼이 우리의 육신으로 돌아오기 전까지는, 기나긴 악몽 속에서 멍멍함과 공포에 몸을 내맡긴 채 목소리도 낼 수 없고 힘도 쓰지 못하는 상태로 있어야만 한다고. 그런 상태는 영혼이 돌아올 때까지 계속된다고 했었지. 할아버지는 또 이런 말씀도 하셨다. 할머니가 죽은 건 영혼이 육신으로 미처 돌아오기도 전에 침대에서 일어나려 했기 때문이라고.

　그러니 무슨 일이 있어도 일어나지 말아야 해! 내 영혼이 돌아올 때까지 이렇게 누운 채로 있어야 해! 눈을 뜨고 싶지 않다! 이제부터는 뭐가 어떻게 된 건지 더 이상 생각지 말자. 잠들기 전 네가 할 일은 꼭 한 가지, 신앙 고백의 기도를 암송하는 것뿐이니까. 그 외의 다른 건 아무것도 생각지 말자! 잠자리에서는 모든 생각들이 악마적인 것이 되고 만다고 했지. 이 모든 것을 할아버지에게 가르쳐 준 사람은 다몰라 사이드 무스타파이고, 할아버지는 들은 것을 그대로 우리에게 들려주셨다. 그래서 난 생각하기를 멈춘다. 그리고 신앙 고백의 기도를 암송한다. 오직 신앙 고백만! 내 영혼이 빨리 돌아왔으면 좋겠다. 비슴알라* ······.

＊ '알라의 이름으로' 라는 뜻. 이슬람교 신자들은 무슨 일이든 시작할 때마다 이 말을 외운다. 그리고 일이 끝난 후에는 꼭 인샬라(신의 뜻대로)라고 말하는데, 이는 일의 결과가 어떠하든지 모두 신의 뜻에 달렸다는 의미이다. [역주]

나는 쓰러진다. 군화를 신은 그들의 발길질 아래, 진흙 구덩이 속으로 나둥그러진다.

그들이 내게 저주를 퍼붓는다.

— 네 아비는 저주받아 마땅해!

잠들기 전 두 손을 가슴 위에 얹고서, 신의 성스러운 아흔아홉 개의 이름* 가운데 하나를 백한 번 외웠어야 했는데…… 알 바이트** 한 번, 알 바이트 두 번, 알 바이트 세 번…… 할아버지께서 말씀하셨지. 다몰라 사이드 무스타파의 말에 의하면, 이 이름은 악몽 속에 등장하는 모든 영적 존재들을 부드럽게 길들이는 힘을 갖고 있다고. 알 바이트 네 번, 알 바이트 다섯 번, 알 바이트 여섯 번…….

---

* 《코란》에는 알라를 지칭하는 99개의 이름이 실려 있다. 이슬람교 신자들은 99개로 된 염주를 손에 항상 지니고 다니면서 그 이름들을 하나씩 외움으로써 자신의 신앙심을 확인한다. [역주]
** 부활시키시는 존재, 다시 소생시키시는 존재.

진흙 냄새에 피 냄새가 뒤섞인다.

— 아버지!

또 그 아이의 목소리이다. 그렇다면 난 지금 악몽 속에 있는 게 아니란 말인가? 어린아이의 목소리가 진흙 냄새와 피 냄새만큼이나 생생하다, 마치 현실처럼.

— 넌 누구니?

내 소리는 미처 목구멍까지 이르지 못한다. 머릿속에서 배회하다가 사라지고 말 뿐이다. 눈을 떠야 해…… 아무것도 보이지 않는다.

암흑…… 그것밖엔 없다.

아니, 난 자고 있는 게 아니다. 난 보이지 않는 어떤 존재의

힘에 포로되어 있다. 진*들이 와서 내 가슴에 앉는다. 할아버지

＊ 이슬람 문화에서 보게 되는 독특한 존재이다.《코란》제2장) 전설에 의하면, 눈
에 보이지 않는 존재인 '진(jinn)' 들은 인간들 속에서 살면서 끊임없이 그들을 괴롭
히고 들볶는다고 한다. 이들에게는 일정한 형태가 없으며, 인간이나 동물의 어떤 형
태라도 빌릴 수가 있다.

〔역주〕 진(jinn)은 천사보다 수준이 낮은 영적인 존재들이다. 이는 이슬람 이전부
터 아라비아의 종교 세계에 있던 존재들을 이슬람에서 수용한 것이다. 진들은 천사
들이 빛으로 창조된 것과는 달리 불로 지어졌다고 한다. 이들은 인간처럼 먹고 마시
며 끊임없이 종(種)을 번식시킨다. 원래 사탄에게 속해 있던 존재들이지만, 선한 진
도 있고 악한 진도 있다고 한다. 이들은 대체적으로 인간의 삶을 어렵고 힘들게 만들
며, 파멸의 수렁으로 빠트리고자 한다. 그래서 사람들은 진의 위협으로부터 벗어나
기를 바라고, 그래서 무수한 민간 신앙적인 요소들을 도입하게 되었다. 이슬람교 신
자들은 집안에 우환이 생기면 진들의 짓이라고 믿고 있다.

http://www.salthouse.pe.kr/mission.htm

는 말씀하시곤 했지. 다몰라 사이드 무스타파의 말에 따르면 ──그의 권위는 적어도 열 명의 물라*와 동등하다──방에 《코란》이 없을 경우 진들이 와서 그곳을 자신들의 둥지로 삼는 다고. 그뿐 아니라, 밤새 잠이 들어 영혼이 산책을 나간 사이 네 육신까지 공격한다고. 그들은 네 가슴에 자리를 잡고서 네 팔을 묶고, 입을 틀어막고, 눈까지 가린다고 했었지. 그리고 너 와 가까운 사람들의 목소리를 흉내내면서, 네 이름을 외쳐댄다 고 했었어. 그럴 때 절대로 그들의 외침에 대답해서는 안 된다 는 말씀도 하셨지. 안 그러면 진들이 널 완전히 점령해 버릴 거 라고. 그러니 네가 할 일은 오직 하나, 신앙 고백의 기도를 암송 하는 것뿐이다! 암송해, 하늘의 이름으로! 그렇지 않으면 진들 은 떠나지 않을 거야. 그리고 그것들이 네 가슴에 그대로 있는 한, 네 영혼은 돌아오지 못할 거야.

— 형제님!

형제님이라니, 그렇다면 이 목소리는 어머니가 아니다. 누이 파르바나일까?

— 파르바나, 누이야, 네가 날 불렀니? 파르바나, 제발 내 가 슴에서 진들을 쫓아내 줘! 내 목소리 들리니, 파르바나?

---

* 이슬람 국가의 정치가 혹은 종교가에 대한 호칭. 〔역주〕

아니, 그녀는 듣지 못한다. 진들이 아직도 내 가슴속에서 목소리를 그러잡고 놓아주질 않기 때문이다.

누이가 그것을 알아차려 준다면!

말도 안 되는 소리. 파르바나가 어떻게 진들을 볼 수 있단 말인가!? 그건 아무나 할 수 있는 일이 아냐! 할아버지는 말씀하시곤 했잖아. 오직 다몰라 사이드 무스타파만이 그것들을 볼 수 있다고. 그는 기도와 주문의 힘으로 그놈들을 종으로 만들었다고 했어. 그래서 진들이 그에게 복종했다고. 그리고 그놈들이 다몰라 사이드 무스타파에게 온 세상에 대해 알려주었다고 하셨어. 그러니 혹시라도 다몰라 사이드 무스타파 앞에서, 혹은 그의 등뒤에서 모욕적인 언사를 던진 일이 있는 사람은 조심해야 한다는 말씀도 잊지 않으셨지. 왜냐하면 진들이……

누가 알겠어? 어쩌면 이 진들이 다몰라 사이드 무스타파에게 종으로 헌신하고 있는 바로 그놈들인지. 할아버지께서는 그놈들이 우리 집 벽 속에 머물러 있다고 믿고 계셨지. 덕분에 아이들이 얌전하게 지낼 수 있었긴 해. 하지만 나만은 진들에게 욕설을 퍼붓곤 했지. 그리고 밤이면 이종사촌들과 함께 커다란 나무 밑이라든지 정원 한구석에서, 또는 무너져 내린 담벼락 밑에서 오줌을 누곤 했어. 다몰라 사이드 무스타파의 진들이 오줌 세례를 받길 바라면서. 오늘 밤, 이번엔 그 진들이 내 가슴에 오줌 세례를 퍼부으러 온 건지도 모르지.

만일 파르바나가 그놈들을 보게 되면 저주를 받을지도 모른다.

— 파르바나, 어서 여길 떠나. 여기 있지 말고 멀리 가란 말이야!

하지만 진들은 목구멍 깊은 곳에서 내 목소리를 질식하게 만들었다.

장교가 내게 증오에 찬 시선을 던지며 외쳤다.

— 빌어먹을 놈의 사령관 따윈 네 누이랑 붙어먹으라고 해!

칼라슈니코프 경기관총의 갑작스러운 타격에 창자가 끊어지는 것 같다. 순식간에 암흑이 내려와 앉는다. 시큼한 액체가 목구멍 속에서 올라와 입 안을 가득 채우는가 싶더니, 곧 장교의 어깨 위로, 그의 총부리 위로, 그리고 지프차의 백미러에 매달려 있는 하피줄라 아민*의 사진 위로 사정없이 뿜어져 나온다…….

---

* 하피줄라 아민(1929~1979)은 구소련 체제의 독재자들 가운데 한 명이었다. 그는 자신의 전임자인 타라키를 살해하고 1979년 9월 권력을 잡았다. 하지만 몇 개월 후 소련군이 침범하여 그를 살해하고, 그의 정적인 친소주의자 바브라크 카르말을 내세워 꼭두각시 정권을 수립했다.

자동차가 멈췄다. 두 명의 군인이 날 내리게 한다. 군화를 신은 그들의 발길질 아래, 나는 진흙 구덩이 속으로 나둥그러진다.

그들이 내게 저주를 퍼붓는다.

— 네 아비는 저주받아 마땅해!

— 형제님!

파르바나가 여전히 네 옆에 있구나.

— 파르바나, 누이야, 너니? 만일 너라면, 내 옆에서 신앙 고백의 기도를 암송해 다오! 《코란》의 한 구절을 외워 줘. 그래서 내 가슴에 앉아 있는 진들을 쫓아내 주렴! 파르바나, 사랑하는 나의 누이야. 내 영혼은 도시의 어두운 거리를 산책하러 떠났단다. 그러다 군인들의 손에 쓰러졌어. 진들이 내 육신을 차지하러 왔구나. 사람들이 내 육신을 진창 속으로 끌고 들어가 상처를 입혔단다. 파르바나, 이 오라비 곁에서 《코란》을 외워 주렴. 진들을 쫓아내 줘. 죽어 가는 내 영혼이 이제 그만 이 육신으로 돌아오도록 말이야! 파르바나?

28

파르바나는 가버렸다. 누이가 나를 떠난 것이다. 그 아이는 내가 잠들었다고 생각했겠지. 내가 진들에게 붙들려 있다는 걸 몰랐던 거야.

새벽 기도 시간이 얼마 남지 않았다. 어머니는 기도를 마친 후, 내 침대 머리맡으로 오실 것이다. 조용조용히. 어머니는 여느 때처럼 내 곁에서 작은 소리로 기도를 하고, 축복을 하시겠지. 아침 바람보다 더 부드럽게. 그러면 진들은 도망칠 것이다. 그럼 나는 눈을 뜰 수 있을 거야. 평소처럼 투덜거리는 대신 어머니를 향해 미소를 지어야. 그리고 어머니의 손에 입을 맞추겠어. 성스러운 음료도 마실 테다. 신 앞에 무릎도 꿇어야지. 할아버지가 다몰라 사이드 무스타파에게서 받았던 부적도 목에 걸겠어. '말라쿠트'*도 믿고, 그곳에 사는 자들도 믿어야지. 더 이상 영혼도 무시하지 않을 테다. 저녁마다, 매일 저녁마다 목욕재계를 하고 기도도 할 거야. 앞으론 침대 속에서 자위 같은 것도 하지 않겠어. 잠자리에 들면 얌전하게 두 손을 가슴 위

---

* 모슬렘 전통에 따르면, 땅의 세계 위에 두 개의 다른 세계가 존재하고 있다 한다. 말라쿠트라고 불리는 초지상 세계는 다양한 종류의 천사들과 영적 존재들이 사는 세계이다. 그리고 자부르트라고 불리는 최상의 세계는 선택된 천사들, 말하자면 신의 사자들과 신의 보좌를 받고 있는 존재들, 그리고 전능한 신의 베일 아래 서 있는 존재들이 사는 세계이다.

에 얹고, 신의 이름을 백한 번씩 암송할 거야, 알 바이트, 알 바이트, 알 바이트……

— 빌어먹을 놈의 사령관 따윈 네 누이랑 붙어먹으라고 해!

장교가 내게 욕설을 퍼붓더니, 두 명의 군인으로 하여금 날 지프차에 태우도록 명하였다. 그래서 나는 두 명의 군인들 사이에 앉았다. 지프차가 달리기 시작했다. 차가 흔들리는 바람에 멀미가 나고, 금방이라도 토할 것만 같았다. 나는 앞자리에 앉아 있는 장교의 어깨 위에 손을 얹고 비굴한 목소리로 말했다.

— 사령관님⋯⋯.

장교는 내게 증오에 찬 시선을 던졌다. 그리곤 다시 한 번 소리를 질렀다.

— 빌어먹을 놈의 사령관 따윈 네 누이랑 붙어먹으라고 해!

얼굴 위로 쏟아지는 시원한 물줄기가 입술과 콧구멍과 눈으로부터 피비린내와 진창의 매스꺼운 냄새와 밤의 무거운 어둠을 씻어내린다. 전율이 전신을 훑고 지나간다. 내 영혼이 돌아왔다는 것과 진들이 도망쳤다는 것을 믿어야 한다. 이젠 눈을 떠야 해⋯⋯. 찌르는 듯한 통증과 함께 눈꺼풀에 주름이 잡힌다. 눈꺼풀 밑에서 눈동자가 움직이고 있다는 걸 느낄 수 있다. 그렇다면 팔도 움직일 수 있을까? 움직인다. 그럼 깨어났단 말인가? 아마도.

파르바나가 내 얼굴에 물을 끼얹어서 진들을 쫓아냈다. 내 영혼은 군인들의 군홧발 아래서 도망치는 데 성공했다. 겨우 진창에서 빠져 나와, 이제야 내 육신 속으로 슬며시 들어온 것이다.

하지만 영혼은 상처를 입었고, 거의 초주검이 되다시피 했다. 흔히들 '육신과 영혼의 합일'이라고 일컫듯이, 내 육신은 영혼의 상처들을 느낀다.

— 이제 좀 괜찮으세요, 형제님?

— 파르바나?

— 일어날 수 있겠어요?

아니, 이건 파르바나의 목소리가 아니다.

— 누구시죠?

— 네, 뭐라고요?

그녀에겐 내 목소리가 들리지 않는다. 다시 호흡을 가다듬어야 한다. 공기가, 모든 것을 부패시킬 듯한 공기가 내 영혼의 상처들을 건드리고, 아픔이 목구멍을 뜨겁게 만든다. 눈을 떠야 해. 난 아픔을 참으며 눈꺼풀을 들어올린다.

여전히 어두움뿐, 아무것도 보이지 않는다. 난 어쩌면 아직도 꿈속에 있는 걸까? 알 바이트…… 몇이더라? 꿈속에서 꾸는 꿈! 알 바이트…… 악몽 속에서 꾸는 악몽! 알 바이트…… 어둠 속의 어둠! 알 바이트…….

— 아버지, 일어나세요!

어린아이의 목소리가 다가온다. 그의 작은 머리가 나를 향해 기울어지는 것이 보인다. 아이가 웃는다. 그리고 몸을 돌리더니, 뒤에 있는 누군가에게 말한다.

― 엄마, 내가 아버지를 깨웠어!

아이가 '아버지'라고 부르는 건 나를 두고 한 말일까? 나는 머리를 들어 보려고 애쓴다. 오른쪽 뺨이 진창 속에 박혀 있다.

피 냄새와 진흙 냄새가 뒤섞인다. 밤의 어둠과 아이의 얼굴이 뒤섞이듯. 또다시 밤이 내 눈 속에 더욱 어둡게 내려앉는다.

어떤 아이가 날 '아버지'라 불렀다. 악몽치고는 얼마나 아름다운 결말인가! 할아버지가 살아 계시다면, 당장에 달려갈 텐데. 그리고 그 깔고 계신 양탄자 가장자리에 무릎을 꿇고 앉아, 내가 꾼 악몽을 이야기할 수 있을 텐데. 그러면 할아버지는 그 깔개 밑에서 해몽서를 찾으시겠지. 그건 다몰라 사이드 무스타파가 임종할 때 그로부터 직접 받은 책이라고 늘 말씀하셨어. 할아버지는 다 해어진 낡은 책을 묶고 있는 고무줄을 푼 다음, 돋보기를 코에 걸고 《코란》의 한 줄을 읽기 시작하실 것이다. 우선 내 꿈을 해석할 수 있는 구절들을 마음속으로 읽으시겠지. 그런 다음 그 구절에 밑줄을 치고 나서, 결론을 말씀하실 것이다.

— 꿈속의 어린아이는 적을 나타낸단다. 낯선 아이라는 건, 전혀 의심해 보지 않았던 적이라는 뜻이지. 진흙 구덩이는 그 적이 불러일으키는 두려움을 상징하고…… 그리고 차가운 물은 네 불신앙의 표시로구나.

할아버지는 신의 이름——알 자바르*——이 새겨진 은반지를 빼서 내 손가락에 끼여 주시며, 다몰라 사이드 무스타파가 했다는 말을 들려 주실 것이다. 하루 동안, 그러니까 아침부터 저녁까지 하루 종일 신의 이름을 2천2백60번을 암송하면, 불길한 악령들과 적들의 저주로부터 보호받을 수 있을 거라는 말을…….

— 엄마, 아버지가 뭐라고 하셔.

알 자바르…… 몇이더라? 이 낯선 아이, 생각해 본 적 없는 이 적이 내가 암송하는 걸 방해한다. 이 아이는 실제로 어린아이가 아니라, 말하자면 진인 거다. 그래서 신의 이름을 암송하지 못하도록 내 정신을 혼란스럽게 만들고 있는 거다. 진들은 신의 이름을 두려워하니까. 알 자바르, 알 자바르, 알 자바르……. 더군다나 할아버지의 말에 의하면 진들은 모두 아이들처럼 작다고 하지 않았던가? 알 자바르…….

— 야야, 집에 들어가 있으렴!

알 자바르. 검은 안개 속에서 움직이고 있는 진의 작은 몸집

---

* 어느곳에나 편재하며, 어느곳이나 지배하고 통제하는 존재.

이 보인다. 알 자바르. 그것이 내게서 멀어진다. 알 자바르. 내
게서 더욱 멀어진다. 알 자바르. 그것이 멈춰 선다. 알 자바르.
이제 난 그것이 움직이지 않은 채 서 있는 곳을 어렴풋이 알아
본다. 그곳은 어느 집 대문이다. 한 여인의 얼굴이 눈앞에 나타
난다. 알 자바르.

— 형제님……

이 여인도 진일까? 알 자바르. 아니면 또 다른 악한 영일까?
알 자바르. 고개를 들어야 한다.

관자놀이가 극심한 통증으로 폭발할 지경이다.

몇 가지 사물들이 구분되기 시작한다. 하지만 움직일 수가 없
다. 뼈들이 부러졌고, 핏줄이 터져 나갔으며, 뇌동맥이 파열했
고, 근육은 찢어졌다……. 아니, 난 악몽 속에 있는 것도, 진에
게 붙들린 것도 아니다. 난 그냥 죽은 것이다.

— 이름은?

마치 내 신분증에 이름이 적혀 있지 않은 것처럼 묻는군! 속으로 그렇게 생각했지만, 그래도 어쨌든 장교의 물음에 답했다.

— 파라드.

그는 내 얼굴과 신분증의 사진을 대조해 보았다.

— 아버지 이름은?

— 미라드.

— 몇 살이지?

— 1337*년생.

— 난 장님이 아냐. 그건 여기에 씌어 있어. 나이를 묻고 있잖아?

— 계산을 해봐야 해요. 해마다 변하는 게 나이니까요.

장교는 내가 계산을 마치길 기다렸다. 우리는 아무 말이 없었다. 내가 무엇 때문에 이런 쓸데없는 놀이를 하고 있는 걸까? 두고 봐야겠지. 아, 이 어리석은 젊음이여! 장교의 목소리, 담배 연기를 싣고 나오는 그의 숨결, 그의 담배 냄새가 어둠 속의 도로를 가득 메우고 있다.

— 이 시간에 집 밖에서 뭘 하고 있는 거야?

나는 군인들이 하듯 구두의 양 뒤축을 딱 하고 부딪치면서, 오른손을 눈썹 위에 갖다대고 경례를 했다. 그리고 말했다.

— 사령관님, 집에서 나온 게 아니라 돌아가는 길입니다.

— 빌어먹을 놈의 사령관 따윈 네 어미랑 붙어먹으라고 해!

---

* 이슬람력. 1958년.

난 지금 죽어 있다. 바로 이 진흙탕 냄새가 내가 죽었음을 말해 주고 있다. 진흙 냄새가 난다는 건 '신께서 흙으로 사람을 지으시고, 그에게 생기를 불어넣었음'을 말해 주는 게 아닌가?

나는 죽은 거다. 죽어서 흙으로 돌아간 거다. 나는 죽었다. 두 명의 군인에게 맞아 죽었다. 아니면 기관총에 맞아서. 어찌되었든 난 꿈속에 있는 것도, 진에게 붙들린 것도 아니라 죽은 거다. 그리고 내가 보고 있는 이 모든 것들은 사자(死者)의 서(書)* 에 묘사되어 있는 대로이다.

할아버지는 말씀하시곤 했지. 다몰라 사이드 무스타파의 말에 의하면──가잘리 이맘의 가르침에 따른 것이라고 했다──죽는 순간, 그러니까 육신을 완전히 떠나기 직전 영혼이 심장 속에 집중된다고. 그 순간 영혼의 무게가 죽어 가는 사람의 가슴을 짓누르게 되고, 혀가 마비된다지. 아닌 게 아니라, 사람이 가슴에 충격을 받았을 경우엔 순간적으로 목소리가 안 나온다는 걸 너 자신도 경험해 보지 않았느냐?

그래, 난 죽은 거야. 이미 땅속에 묻힌 거다. 가족 묘지에 누워 있는 거야. 아마——누가 알겠는가?——어떤 노인 곁에, 혹은 어떤 아이와 그의 어머니 곁에 묻혔는지도 모른다. 할아버지는 말씀하시곤 했지. 다몰라 사이드 무스타파의 말에 의하면, 죽은 사람이 일단 땅속에 묻히면 가장 먼저 주변에 묻혀 있는 이들을 보게 되고, 그 다음엔 먼저 세상을 떠난 지인(知人)들을 보게 된다고.

누가 알랴? 할아버지가 날 만나러 오실는지. 그래, 할아버지는 오실 거야. 틀림없이 오셔서 이렇게 말씀하시리라.

— 자, 이젠 다몰라 사이드 무스타파가 한 말을 모두 믿겠지? 그가 한 말을 네게 들려주지 않았더냐? 술 취한 사람과 타락한 사람은 검은 얼굴을 한 천사들이 무덤에서 기다리고 있다고 말이다. 죽음의 천사는 죽은 자에게 이렇게 말한다. "저주받을

---

 * 가잘리(1058-1111)가 쓴 글을 말한다. 아랍어 제목은 《*Ad-Dourra al-Fâkhira*》인데, 번역하면 '귀중한 진주'라는 뜻이다. 이 책은 미래의 삶과 관련된 가르침들을 다루고 있으며, 말하자면 '이슬람 사자의 서'이다.

영혼아, 이제 육신의 껍데기를 벗어나서 구세주의 분노를 받으라." 그러면서 밤새도록 독약과 지옥불 속에 담가 두었던 날카로운 창끝을 그 영혼에게 겨누지. 그러면 영혼은 마치 수은 방울처럼 온 사방으로 달아나려고 야단이란다. 하지만 결국 죽음의 천사를 피할 순 없는 거야. 그리곤 다른 천사들이 와서 그 영혼을 하늘로 데려가는 거지. 신은 타락한 자의 이름을 지옥의 명부에 쓰도록 명한 다음, 그 영혼을 다시 땅으로 내려보낸다. 그 영혼이 죽은 자의 육신으로 들어가도록 말이다. 그러면 앙카르와 나키르*가 무덤으로 와서 죽은 자에게 질문을 한단다. "너의 구세주는 누구인가? 너의 종교는 무엇인가? 모하메드는 누구인가?" 이런 질문에 타락한 자들은 "모릅니다"라고 대답할 수밖에 없지. 그러면 신은 천사들에게 이렇게 말한단다. "이 피조물은 거짓말을 하고 있으니, 이자의 발 아래 불 양탄자를 깔고 지옥문을 열어라. 그리하여 이자가 불꽃의 뜨거움을 맛보도록 하라!" 그러면 그때부터 갈비뼈가 으스러질 때까지 무덤이 그 죽은 자의 가슴을 짓누르기 시작하는 거란다.

---

* 죽은 자의 무덤에 나타나 그에게 신앙에 관한 질문을 던지고, 만일 그가 바른 대답을 하지 못할 경우 고문을 하여 고통을 주는 죽음의 두 천사를 말한다. 사람들은 이들을 땅까지 끌리는 머리카락을 지닌 검은 천사로 묘사하고 있다.

[역주] 이들은 몸집이 크고 사나운 모습을 하고 있다 하며, 사람이 죽어 장례식이 끝나는 즉시 그 고인의 생전의 행실을 살피기 위해 무덤을 찾는다고 한다.

— 형제님! 일어나세요, 집 안으로 들어가세요!

누구지? 죽음의 천사일까? 아니면 내 누이? 목덜미에 따뜻한 손길이 느껴진다. 내 머리를 타고 흐르는 떨림이 다리까지 전달된다. 그리고 마음까지도 전율한다──아픔으로, 냉기로, 무덤 속의 냉기로, 죽음의 냉기로.

죽음의 천사──혹은 내 누이──가 날 일으킨다. 그의 머리카락이 내 눈을 덮는다. 모든 게 빙빙 돌기 시작한다. 내 영혼이 빠져 나가고 있음을 느낀다. 무언가가 나의 내부에서 끓기 시작한다. 마치 물처럼. 아니, 물이라기보다 수은처럼 끓기 시작한다. 그리고는 내 목을 타고 올라와 밖으로 분출된다. 난 다시 진흙 구덩이 속으로 빠져 들어간다.

무덤은 밤보다 훨씬 더 어둡다.

땅에 무릎이 꿇리어 있고, 두 손은 목덜미 뒤로 돌려져 있다. 군인이 내 주머니를 뒤져 신분증과 학생증을 꺼냈다. 그리곤 지프차 뒤를 돌아 앞자리에 앉아 있는 자에게로 가서 그것들을 내밀었다. 두 사람이 몇 마디 말을 주고받더니, 군인이 이내 소리쳤다.

— 이리 와!

순간 나는 조금 전 아스팔트 위를 기어와 곧장 땅속에 처박혔던 내 두 무릎을 떠올렸다. 일어설 수가 없었다.

— 귀먹었어? 일어서! 이리 오라니까!

나는 도리 없이 땅에서 일어나 앞으로 한걸음을 내디뎠다. 하지만 마치 땅속에 박힌 돌덩이처럼 그 자리에 우뚝 서 버린다.

몸이 무겁고 움직이질 않는다.

— 무슨 말인지 모르겠어? 이리 오라니까!

군인이 으르렁거리기 시작했다. 그의 목소리가 도로를 완전히 잠식해 버렸다. 그래서 도로가 떨고 있다. 어쩌면 내 심장이 떨고 있는 건지도 모른다. 난 한 줌의 지푸라기가 되어, 지프차가 있는 곳까지 바람에 훌쩍 날려간 듯한 기분이었다. 앞자리에 앉아 신분증들을 손에 쥐고 있는 장교가 내 얼굴 위로 플래시를 비추었다. 강렬한 불빛에 부셔서 저절로 눈이 감겼다. 하지만 장교의 고함 소리가 금방 두 눈을 뜨게 만들었다.

— 이름이 뭐야?

난 지금 죽어 있는 거다. 군인들의 군홧발에 차이기 전에 이미 죽었다. 무덤이 내 갈비뼈를 으스러뜨렸다. 나는 내 영혼을 토해 냈다. 죽음의 천사들이 무덤에 나타났다. 비열한 검은 얼굴과 숱 많은 콧수염에 긴 군화를 신고서. 그들은 칼라슈니코프의 개머리판으로 날 마구 때렸다.

　난 지금 죽어 있는 거다. 옆의 묘지에 누워 있는 어린아이의 영혼이 계속해서 날 부르고 있다.
　— 아버지! 일어나세요! 나도 잠에서 깨어났으니까, 아버지도 정신차리셔야 해요!

할아버지는 말씀하시곤 했지. 다몰라 사이드 무스타파의 말에 의하면——성자 세이드 벤 조베이르의 가르침에 따른 것이라 한다——인간이 죽어서 연옥에 갈 경우 자신보다 먼저 죽은 어린 자식들을 본다고 하는데, 이때 다시 만난 부모 자식은 이미 서로에게 낯선 존재들이라고 한다. 마치 부모가 다른 우주에서 온 존재이기라도 한 것처럼.

그렇다면 내게 아이가 있었단 말인가?

왜 죽음의 천사는 계속해서 내 얼굴에 물을 끼얹고 있는 걸까? 죽은 자들에게 가하는 형벌일까? 사자의 서는 그 점에 대해선 한마디도 언급하지 않았는데! 아무래도 영혼의 상처들과 아픔을 생생히 느낄 수 있도록 내 의식을 말짱히 해줄 생각인 듯하다. 그렇다면 죽음의 천사가 틀림없겠군.

눈이 떠진다. 어린아이의 얼굴과 천사의 얼굴이 보인다. 그리고 그들 뒤로 활짝 열려 있는 문이 보인다. 문의 저쪽은 지옥도 아니고, 타오르는 숯불 구덩이도 아니다. 아마 난 그런 곳에 갈 정도로 타락하진 않았나 보다. 하기야 술을 마신다는 게 나의 유일한 죄라면 죄였다. 난 사람을 죽여 본 적이 없지 않은가.

그렇고말고. 사실 내가 저질렀던 죄는 그다지 큰 것들이 아니다. 고작 해야 할 일을 하지 않았다는 죄가 있을 뿐이다. 그것 역시 다몰라 사이드 무스타파의 가르침들 가운데 하나이다. 우선 넌 기도를 하지 않았다. 메카의 성지 순례도 하지 않았지. 또한 구제도 하지 않았어! ……그리고 성전(聖戰)에 참여하지도 않았구나! 넌 '가지'도 아니고, '샤히드'도 아니다!*

결과적으로 난 불경건한 자들에 속하는 셈이다. 죽음의 천사들이 아직 일곱번째 하늘로 인도하지 않은 것도, 또 내 이름이 지금까지 지옥의 명부에 기록되지 않은 것도 당연한 일이다.

죽음의 천사가 내 입에 물을 퍼붓는다. 무슨 일이 있어도 이 물을 마셔서는 안 된다. "무덤 속에서, 만일 누군가가 네게 물을 마시게 하더라도 절대로 마셔선 안 된다." 할아버지는 다몰라 사이드 무스타파에게 배운 이 전통을 지키셨다. 할머니의 장례식날, 무덤가에서 그것을 아주 큰 소리로 일깨워 주셨다. 마치 할머니가 그 땅속에서 듣기를 바라기라도 하듯이.

— 생명 없이 누워 있는 내 사랑하는 이여! 무덤 속에서 그대는 잔인하게 괴롭히는 갈증과 마주할 것이오! 그러니 조심하시

---

* '가지(Ghâzi)'의 칭호는 불신자들에 대항하여 싸워 승리한 자에게, 그리고 '샤히드(Shahid)'의 칭호는 신앙을 위해 싸우다가 죽은 자에게 수여한다.

오! 사탄이 물잔을 들고 나타날는지 모르오. 사탄은 그대의 왼쪽 귀에 대고 속삭일 것이오. "이 물을 마시고 싶으면, 아무도 너를 창조하지 않았노라고 말해!" 만일 그대가 이 말을 하지 않고, 물 마시기를 거부한다면, 사탄은 다시 한 번 그대를 유혹할 거요. 그리고 이번엔 그대 오른쪽 귀에 대고 속삭이리라. "자, 빨리 마셔!" 그러니 부디 조심하시오! 생명 없이 누워 있는 내 사랑하는 이여! 만일 그대가 사탄의 물을 받아 마시게 되면, 자신도 모르는 사이 그가 속삭이는 말을 입으로 내뱉게 될 것이고, 예수가 신의 아들이라 일컫게 될 것이오. 오, 그러니 내 사랑하는 이여, 부디 사탄을 조심하시오! 그의 말을 듣지 마오! 그리고 그가 건네는 물을 그대로 땅바닥에 쏟아 버리시오!

사탄의 물이 식초로 변하여, 내 목구멍 속에 불덩어리를 집어넣는 듯하다. 나는 그것을 토해 낸다. 진흙탕과 무덤 속의 암흑이 내 눈을 점령해 버린다.

두 손이 내 머리를 받치고 있다. 따뜻하고 다정하게 느껴지는 손이다. 그러나 불안한 손, 그 손이 떨고 있다.

— 어머니세요?

어머니의 머리카락이 내 얼굴을 부드럽게 간질인다. 아주 부드럽게, 아주 평화롭게.

— 형제님, 정신이 드나요?

어머니가 아니다. 그럼 누구란 말인가?

나는 아픔을 무릅쓰고 억지로 눈을 뜬다. 이 어둠이 밤으로 인한 것인지, 내 눈을 가리고 있는 머리카락으로 인한 것인지 알 수가 없다. 나는 머리카락의 주인이 누구인지 보려고, 머리를 조금 뒤로 뺀다. 긴 머리카락에 얼굴이 반쯤 가려진 낯선 여

인이 보인다. 그리고 그 뒤로 어린아이의 얼굴도 보인다. 아이
가 말한다.

— 아버지!

아이의 손이 내 머리칼을 쓰다듬는다.

— 아버지! 깨어났네. 아버진 지금 집에 오신 거예요, 일어나
세요!

또 이 목소리, 또 이 얼굴들?! 아니다, 난 여전히 자고 있는
거야. 차라리 눈을 감는 게 낫겠어. 나는 눈을 감는다.

— 거기 서!

나는 멈춰 섰다. 아니 정확히 말하면, 너무 놀라서 몸이 얼어 붙어 버린 것이었다. 나를 향해 칼라슈니코프를 겨누고 있는 군인의 시선에 붙들려 그만 몸을 움직일 수가 없었던 거다. 군인은 지프 옆에 서 있다. 헤드라이트 불빛에 눈이 부시다. 나는 눈부신 빛살을 차단하기 위해 손을 눈썹 위에 갖다댄다.

— 정지! 두 손을 목 뒤로!

나는 죽은 나무처럼 맥이 풀렸다. 뿌리 없는 나무, 쓰러지기 직전의 나무. 군인, 기관총, 지프, 모든 것이 갑자기 눈앞에서 빙빙 돌기 시작했다. 찰카닥, 탄알을 장전하는 둔탁한 소리에 빙빙 돌던 군인과 지프가 순식간에 사라진다. 죽은 나무는 이제 무력한 돌덩이가 되었다. 또 다른 군인 한 명이 지프 옆에 나타났다. 그는 당장이라도 총을 쏠 듯한 기세로 내게 다가와 물었다.

— 암호?

내가 대답했다.

— 그냥 지나가는 길입니다.

군인이 화가 나서 씩씩거렸다.

— 통행 암호를 알고 있나?

— 지금이 몇 시인데 벌써부터 통행 금지를 시키는 겁니까?

나는 슬쩍 시계를 들여다보려 했다.

— 움직이지 마!

칼라슈니코프의 차가운 총구가 배를 찔렀다. 내 혀가 움직였다.

— 야간 통행 암호요? ……모르는데요.

나는 군인 가까이 다가가서, 그에 귀에다 대고 말하고 싶었다. 실은 술을 조금 마셨고, 그러다 보니 야간 통행 금지 시간을 그만 깜빡했노라고……. 그래서 몸을 조금 움직였는데…… 순간 군인의 고함 소리와 복부에 가해진 칼라슈니코프의 타격이 밤의 어둠과 무게로 나를 쓰러뜨리고 말았다.

— 무릎 꿇어!

내 머리를 받치고 있는 이 두 손에, 내 얼굴을 간질이는 이 머리카락 속에, 그리고 나를 '아버지'라고 부르는 이 어린아이에게 눈곱만한 현실이라도 존재할 수 있는 걸까? 이 모든 것이 진짜보다 더 진짜처럼 보이는 꿈은 아닐까? 사실 인간의 사고는 그런 식으로 작용하지 않던가. 인간은 현실보다 자신의 꿈에 더 많은 신뢰를 부여하고 있는 게 사실이지 않은가. 그렇지 않다면 어떻게 이 모든 혁명들, 전쟁들, 이데올로기들이 존재할 수 있을까? 어떻게 이런…….

— 형제님, 일어날 수 있겠어요?

나는 불안하지만 눈을 뜬다. 아무것도 변하지 않았다. 여전히 그 여자, 여전히 그 어린아이다.

날은 아직 밝지 않았다. 밤이 영구히 계속되고 있다. 여자가
서 있다. 나는 죽은 거다. 여자——혹은 천사——가 내 몸을 어
디론가 끌고 가고 있다. 어디로 데려가는 걸까? 어떤 심연으로?

내 숨결에서 알코올이 느껴진다. 콧구멍에서는 진흙 냄새가
난다. 난 벌을 받은 거야. 앙카르와 나키르의 살인적인 구타가
날 고통스럽게 한다.

— 천사여! 제발 날 떠나시오! 오 신이여, 당신의 자비를 구
하나이다! 날 용서하소서!

문을 넘어간다. 우린 지금 지옥의 어떤 문을 통과하고 있는
걸까? 천사는 왜 그 문을 다시 닫는 걸까?

— 날 놔주오, 천사여……

천사의 손이 풀린다. 나는 둥둥 떠다니는 것 같더니, 이내 풀
썩 땅 위에 쓰러진다. 침묵의 소리가 들린다.

— 형제님, 물을 좀 드릴까요?

내 시선은 초승달을 떠나 악몽 속에 여러 차례 등장하고 있는 여자의 얼굴에 가서 머문다. 지금 여자는 내 옆에 서 있다. 손에 물잔을 들고서. 그리고 나는 마치 잔해처럼 그녀의 발 밑에 누워 있다.

고통이 내 육체를 태운다. 나는 머리를 곧추세운다. 지금 나는 테라스에 있다. 테라스 쪽으로 향한 창문에서 석유램프의 노란 불빛이 새어나오고 있다. 그 불빛은 깊이를 알 수 없는 밤의 밑바닥에서 여자의 실루엣을 끊어 버린다.

아니다. 난 꿈속에 있는 것도, 악몽 속에 있는 것도 아니다.

또 연옥에 있는 것도 아니다. 나는 깨어 있고, 살아 있다! 자 봐라, 난 여자의 손에서 물잔을 건네받을 수도 있고, 물잔 속의 물을 마실 수도 있지 않은가! 내 몸속으로 물이 내려가고 있는 것이 느껴진다. 내 목구멍이 불타는 것도 느껴지고, 뼈들의 아픔도 느낀다……. 아니, 여기에 꿈 같은 건 전혀 없다. 여자의 가느다란 윤곽과 얼굴의 반을 가리고 있는 그녀의 머리카락이 똑똑히 보인다.

— 형제님, 조금 더 드시겠어요?

그녀의 말도 알아들을 수 있다. 그리고 대답도 할 수 있다.

— 고맙습니다.

그러나 지독한 통증 때문에 여기가 어딘지, 내가 왜 이곳에 있는지 물어볼 수가 없다.

여자가 복도의 어둠 속으로 사라진다. 이번엔 아이가 나타난다. 손에 커다란 방석을 들고.

— 아버지, 이것 받아요. 머리 밑에 받쳐 보세요!

이 아이는 어찌하여 나를 '아버지'라고 부르는 걸까? 아이는 석유램프의 노란 불빛이 새어나오고 있는 창 아래 방석을 기대어 놓는다. 나는 그곳까지 기어가 방석에 등을 기댄다. 그림자가 테라스 바닥을 천천히 기어간다. 창 밑의 벽에 몸을 기댄 다음, 잠시 몸을 돌려 창을 올려다본다. 창백하고 뿌연 램프빛에 잠긴 방 안에, 느린 걸음으로 천천히 복도를 향해 가고 있는 한 육체가 보인다. 구부정히 활처럼 내려트려진 두 팔이 가슴 양편에 괄호를 그리고 있다. 그 육체는 문 저쪽을 점령하고 있는 어둠 속으로 천천히 사라진다.

내 앞의 어린아이는 입술 위에 옅은 미소를 띤 채 날 바라보고 있다. 난 아이에게 무겁고 불안한 시선을 잠깐 던진다. 그리곤 이내 방석 위로 고개를 떨구고 눈을 감는다. 이제 이 유령들에 대해서, 이 꿈에 대해서 더 이상 생각하고 싶지 않다.

난 악령들이 주는 꿈이 있다는 것을 믿는다!

— 아버지!

안 돼, 더 이상 눈을 뜨지 않겠어. 난 악몽에 짓눌린다. 내 꿈에 사로잡힌다. 신의 그 많은 이름 중 어떤 이름도 날 구원하지 못했다.

악령들이 주는 꿈은 신앙보다 강하다. 이제 영혼은 더 이상 내게 속해 있지 않다.

할아버지는 말씀하시곤 했지. 다몰라 사이드 무스타파의 말에 의하면, 인간이 자신의 영혼을 지배하는 힘을 잃었을 때는 두 손을 가슴 위에 포개고서 알 무미트*의 이름을 암송해야 한다고.

내 이마에 와닿는 아이의 작은 손길이 느껴진다.

알 무미트, 알 무미트⋯⋯.

― 아버지, 좀 괜찮아요?
아, 난 이 악몽에 지쳤다. 제발 날 좀 내버려둬! 그냥 놔둬!
제발!

아이의 손이 내 이마를 쓰다듬는다. 눈을 뜨고 아이를 바라본
다. 아이가 웃고 있다. 나도 웃고 싶다. 내 자신을 조롱하며 웃
고 싶다. 나의 무능력을 조롱하며 웃음을 터트리고 싶다. 말라
쿠트라고 부르는 세계를 조롱하며 크게 웃고 싶다. 진을 조롱
하며⋯⋯.
― 야야, 이리 와!
야야 엄마의 목소리가 복도의 어둠 속에서 울려 퍼진다.
― 엄마, 아버지가 다 나았어요. 아버지가 웃었어요!
― 이리 들어오라고 했지! 어서 와서 자야지!
아이가 내 이마에 입을 맞춘다. 그 눈에 사랑이 가득하다. 아
이가 복도로, 엄마의 목소리가 나는 곳으로 뛰어간다.

＊ 죽음을 가져다 주는 신의 이름.

도대체 무슨 일이 있었던 걸까? 어찌하여 이런 오해가 생긴 걸까? 어찌하여 밤은 이토록 긴 걸까? 그 군인들은 누구였으며, 왜 그런 심문을 하였던 걸까? 난 어떻게 해서 여기에, 이 여자와 아이 곁에 오게 된 걸까? 왜 그들은 나를 '형제님'이라고, '아버지'라고 부르는 걸까?

왜 날 우리 어머니에게로 데려가지 않은 걸까?

— 아버지, 조금만 마셔 봐요!

아이가 다시 물잔을 가져왔다. 수많은 물음이 뒤죽박죽 담겨 있는 시선과 머뭇거리는 손길로 물잔을 받아들어 입술로 가져간다. 혀와 잇몸이 불타고 있다. 액체가 몸 안으로 흘러드는 것이 느껴진다. 계속해서 마실 수가 없어 아이에게 곧 물잔을 돌려준다. 그리고 무너져 있는 육신을 조금 세우고, 아이에게 가까이 다가오라고 손짓한다. 야야가 내 곁으로 냉큼 와서 앉는다. 무슨 말로 시작한단 말인가? 지금 난 어디에 있으며, 왜 이곳에 있느냐고? 아니면 그보다 왜 '아버지'라 부르느냐고?

— 아버지, 그동안 어디 갔었던 거예요?

아이의 이 한마디가 나의 온갖 물음들을 어지러운 머릿속에서 완전히 뒤집어엎어 버린다. 그래, 난 어디서 온 거지?

— 야야, 와서 자라고 했지!

엄마가 부르는 소리에 아이가 일어나서 복도 쪽으로, 석유램프의 불빛이 있는 쪽으로 사라진다.

그래, 난 어디서 온 걸까? 혹시라도 기억상실증에 걸린 건 아닐까! 맞아, 그럴 수도 있을 것이다. 충격 끝에 기억을 잃어 더 이상 과거를 회상할 수 없는 사람들, 심지어 자기의 이름과 신분조차 모르는 사람들이 더러 있지 않던가. 그들은 아내도, 아이도, 혹은 집도 더 이상 기억하지 못한다……. 그들의 기억은 지워졌다. 마치 글자 하나, 숫자 하나 씌어 있지 않은 하얀 백지처럼.

아니다. 난 아직 내가 누구인지 알고 있다. 이름이 파라드란 것도 알고 있다. 나는 미라드의 아들이고, 1337년생이다. 할아버지는 다몰라 사이드 무스타파의 제자였다. 실은 아무도 다몰라 사이드 무스타파를 알지 못한다. 심지어 우리 어머니와 마찬가지로 할머니조차도 그를 알지 못한다. 오직 할아버지만이 그를 알고 계셨다. 할아버지는 금요일 대사원에서 돌아오시면 손자들을 모두 불러 놓고, 가잘리 이맘이 쓴 '사자의 서'를 방석 밑에서 꺼내곤 하셨다. 그리고 우리에게 무덤 속에서 각 사람을 기다리고 있는 것들에 대해 상세히 이야기해 주셨다. 우리는 그 말씀이 너무 두려워서 울기 시작했고, 또 경건하게 무릎을 꿇곤 했었다.

그러고 보니 할아버지께서 들려주셨던 이야기가 방금 전 악몽 속에서 내가 하였던 말들과 똑같지 않은가? 어쩌면 난 내 꿈의 내용을 되씹고 있던 중이었을까? 더 이상 기억이 없다. 갑자기 나의 악몽이 현실처럼 여겨진다.

천만에. 난 아직 다른 기억들도 가지고 있다. 우리 어머니의 이름은 호메이라이다. 어머니는 세 명의 자녀를 낳았다. 누이 파르바나와 동생 파리드, 그리고 나. 아버지가 다른 여자, 젊은 아내를 맞아들인 지 벌써 2년이 되어간다. 스와르 쿠데타* 직후, 아버지는 그녀와 함께 파키스탄으로 몰래 떠나 버렸다. 어머니와 이혼 수속을 밟는 수고 따윈 할 필요도 없었던 셈이다. 그렇게 아버지는 간단히 어머니를 버렸다……. 오늘은 1357년** 미잔월 27일이다. 하피줄라 아민——타라키의 충실한 제자——이 권력을 잡기 위해 자신의 스승을 살해한 것이 불과 얼마 전의 일이다……. 또 뭐가 있을까?

아니, 누가 뭐라 해도 내 기억은 나무랄 데가 없다. 분명히 내겐 아내도, 아이도 없었다. 그리고 난 요즈음 쾌락, 그러니까 여인의 부드럽고 따뜻한 가슴 안에서 느끼는 쾌락을 전혀 맛보지 못했다(자위 행위와 그에 따른 가책도 요즘의 나와는 상관없는 일이다).

---

* 1978년 4월 27일에 일어난 구소련의 쿠데타.
** 1979년 10월 18일.

아무리 생각해도 내가 기억을 상실했다고 봐야 할 이유가 전혀 없다! 나의 신분과 과거에 대해 의심할 이유도 전혀 없다. 아무래도 무슨 일인가가 있었음이 틀림없어.

분명 무슨 오해가 생긴 거다. 이제 곧 확실하게 밝혀지겠지. 내가 술을 좀 과하게 마셨음이 분명해. 그 때문에 구역질이 나고 정신이 흐려졌으며, 그래서 모든 게 악몽처럼 느껴진 거야.

— 형제님, 배가 고플 거예요. 뭘 좀 드시겠어요?

여자가 석유램프를 들고 복도 문턱에 서 있다. 램프빛 속에서 밤의 어둠이 그녀의 헐렁헐렁한 치마의 윤곽선을 잘라내고, 녹색 천에서 줄무늬를 뚜렷이 드러내 주고 있다. 그녀의 시선이 복도의 어둠 속에 빠져 있다.

그래, 난 배가 고파. 하지만 먹고 싶지가 않다. 다만 여기가 어디이고, 내가 왜 이곳에 있는지 알고 싶을 뿐이다.

— 괜찮습니다, 자매님……, 그런데…….

유령 같은 남자, 그러니까 벽에 기댄 내 머리 위의 창을 통해서 조금 전에 흘깃 보았던 그 남자가 갑자기 신음 소리를 내며 어둠 속에서 나타나 여인의 등뒤에 선다. 앙상한 상반신 양편에 어정쩡하게 벌리고 있는 그의 두 팔 사이에서, 내 시선과 물음이 길을 잃은 채 헤매고 만다. 여인은 침착히 그 유령 같은 남자의 한쪽 손을 부드럽게 잡고서 복도 안으로 들어갔다.

난 또다시 혼자가 된다. 이 이상한 밤의 네 벽 사이에서 방황
하는 수천 가지의 물음에 포위당한 채.

마음속에 품고 있는 생각들을 서로에게 숨김없이 털어놓는 나의 절친한 친구 에나야와 모알렘*의 가게에 갔었다. 언제나 그렇듯 균형잡히지도, 잘 움직여지지도 않는 작은 몸집의 노인이 긴 머리를 어깨 위에 출렁이며 이집트 콩과 삶은 감자가 놓인 진열대 뒤에서 모습을 드러냈다. 그는 우리를 보더니 미소를 지었다. 그리고는 이집트 콩을 사러 온 두 명의 소년을 서둘러 가게에서 내보냈다. 우리끼리만 남게 되자, 그가 유쾌히 웃기 시작했다. 그의 두 눈이 반짝였다. 이어서 떨리는 듯한 그의

---

　* 아프가니스탄에서는 사람을 지칭할 때, 그가 생전에 담당하였던 직업의 명칭으로 부르는 일이 흔하다. 모알렘은 교사를 의미하며, 여기서는 노인이 예전에 가르치는 일을 하였다는 것을 말해 준다.

목소리가 작은 가게를 뒤흔들었다.

— 그러잖아도 바쿠스의 딸들이 자네들을 기다리고 있는 중이라네!

굽은 등에 절름거리는 노쇠한 두 다리를 끌며 가게 안으로 들어간 노인은, 흑백의 커튼을 걷어 젖힌 후 우리를 불러들였다.

— 비밀의 잔을 들게, 그들은 인정이라곤 눈곱만큼도 없으니!

우렁찬 그의 웃음소리가 가게 안에 쩌렁쩌렁 울렸다. 다시 내려뜨려진 커튼이 다른 이들의 시선으로부터 우리를 가려 주었다. 우리는 도자기로 만든 두 개의 주전자 옆에 앉았다. 모알렘이 먼저 내게 물었다.

— 금색? 아니면 붉은색?

— 붉은색이오.

— 음, 잘 선택한 걸세.

모알렘은 한 주전자에서 붉은색 포도주를 따랐다. 그리고 한 잔을 자신이 먼저 쭉 들이켰다. 그러더니 천천히 머리를 흔들며 소리쳤다.

— 아, 만일 하피즈가 여기 있다면, 내게 시 한 편을 바쳤을 텐데 말이야. 자, 마시게! 그리고 내가 세상에 내놓은 이 여신을 한번 만나 보게나!

그가 다시 잔을 가득 채운 후, 내게 내밀었다. 그리고 이번엔 에나야에게 몸을 돌렸다.

— 자네는 금색인가, 붉은색인가?

— 전 금색입니다.

— 음, 자네도 제대로 선택했구먼!

모알렘은 이번엔 다른 주전자를 들어서 백포도주를 따랐다. 그리고는 또 한 잔을 쭉 들이켠 후, 머리를 천천히 흔들며 말했다.

— 쯧쯧! 만일 내가 바부르* 시대에 살았더라면, 그 친구가 날 위해 카불 시를 온통 포도나무로 뒤덮었을 텐데!

모알렘은 또다시 잔을 채워 에나야에게 내밀었다.

우리는 해가 저물어 밤이 이슥할 때까지 포도주를 마셨다. 모알렘이 몹시 취하여 집까지 데려다 주어야만 했을 때는, 반쯤 잠들어 있던 그의 아내가 문을 열어 주었다. 그리고는 이내 우리 셋을 싸잡아서 저주를 퍼부었다. 그녀는 남편을 테라스에 데려다 놓도록 하고서는 투덜대며 말했다.

— 당신들이 이 망할 놈에게 술을 사준 건지, 아니면 억지로 쏟아부은 건지 말해 봐요.

모알렘의 웃음소리가 정원의 작은 포도덩굴 시렁을 덮었다.

— 옛날 옛날에…… 한 술꾼이…… 포도주를…… 팔았는

---

* 티무르의 후예이며, 인도 무굴 왕국을 창건한 황제. 바부르(1483-1530)는 카불을 수도로 삼았으며, 또한 위대한 포도주 애호가로도 알려져 있다.

데…….

그의 아내가 질세라 욕설을 퍼붓기 시작했다.

— 샴스*처럼, 신이 당신에게 무덤 코빼기도 허락하지 않았으면 좋겠수!

모알렘은 짤막짤막 끊어가며 큰 소리로 이야기를 계속했다.

— 누군가가…… 물었지…… 이상하군…… 당신이 포도주를…… 팔다니…… 그리고…… 그걸 팔아서…… 뭘 사고…… 싶은 거요? 하고…….

모알렘의 아내가 우리 둘을 쫓아냈다. 우리는 공원의 어두운 구석을 찾아갔다. 에나야가 커다란 나무 밑에서 오줌을 누자고 했기 때문이다. 그 나무의 가지들은 에나야가 사는 마을 정치위원회 건물의 정원 안까지 뻗쳐 있었다. 우리의 오줌으로 그 나무의 붉은 과일들에다 영양을 주자는 게 에나야의 제안이었다. 그래서 우리는 웃음을 터트리며 오줌을 누었다.

그때 갑작스레 정치위원회 사무소 보초의 고함 소리가 들려왔다. 우리의 몸은 놀라 순식간에 빳빳이 굳어 버렸다. 군인이

---

* 타브리즈의 샴스(1186-1247?): 수피 교단의 가장 위대하고도 수수께끼 같은 인물. 직접 글을 쓰진 않았지만, 그의 강의(마칼라)가 제자들에 의해 보존되어 있다. 그 사상은 그의 가장 유명한 제자인 마울라나 잘랄앗딘 루미의 작품 세계의 중심이 되고 있다. 마울라나 잘랄앗딘 루미는 그 스승에게 유명한 《샴스의 명시선집》이라는 저서를 바쳤다. 〔샴스는 1247년 살해되었고, 우물 근처에 급매장되었다.〕

다가와 총으로 위협하면서 우리를 공원에서 쫓아냈다. 우리는 공원 입구에서 작별을 했다. 그리고 그는 밤의 이쪽으로, 나는 밤의 저쪽으로 각각 헤어져 걸어갔다. 얼마쯤 걸었을 때, 머리 위로 통행 금지 사이렌이 울렸다. 그리고 얼마 가지 않아서 한 군인의 고함 소리가 날 그 자리에 붙박아 세웠다.

— 정지!

나는 달린다. 밤의 어둠 위를 미끄러지듯 달리고 있다. 내 몸은 한줌 지푸라기처럼 가볍다. 나는 바짝 마른 붉은 과일들로 뒤덮인 나무 울타리를 따라 달리고 있다. 도로가 끝없이 뻗어 있다. 어디선가 군인이 불쑥 나타나 날 쫓아온다. 그의 존재는 돌덩이처럼 무겁다. 그가 들고 있는 기관총도 몇 톤이나 나갈 듯하다. 그가 으르렁거린다.

— 정지! 정지!

난 멈추지 않는다. 계속해서 달릴 뿐이다. 바람에 흩날리는 한줌 지푸라기처럼. 달음질칠 때마다 내 키가 점점 더 커진다. 빠른 속도로 커진다. 내 키가 나무 꼭대기를 훌쩍 넘어선다. 군인이 점점 작아진다. 빠른 속도로 작아진다. 난 멈춰 서서, 군인을 향해 오줌을 눈다. 그러자 내 오줌 줄기 아래서 군인이 커지기 시작한다. 점점 더 커진다. 자꾸자꾸 커진다! 내 오줌이 멎었다. 군인이 웃는다. 난 소리치기 시작한다. 하지만 목소리는 가슴속에서 맴돌 뿐이다. 군인의 웃음소리가 길을 흔들고, 밤을 흔든다. 군인의 커다란 손이 덥석 내 어깨를 덮친다. 어깨가 순식간에 멍든다. 군인의 손이 날 마구 흔들어댄다.

— 형제님!

밤은 내 눈꺼풀보다 어둡다. 나는 목소리가 들리는 쪽으로 고개를 든다. 별이 총총한 밤의 어둠 속에서, 석유램프의 노란 불빛이 내 얼굴 앞에 있는 긴 머리카락을 뚜렷이 보여준다.

나는 몸을 조금 뒤로 뺀다. 그러자 눈앞에, 날 '아버지'라고 부르는 아들을 가진 여인이 또다시 보인다. 주위를 살펴본다. 난 여전히 같은 곳, 작은 테라스 쪽으로 향한 창 아래 있다.

여인이 긴 머리채를 쓸어올린다. 노란 불빛이 그녀의 시선 속에서 밤을 깨뜨린다.

— 형제님, 어서 일어나세요!

— 네…?

내가 무슨 말을 할 수 있으랴?

여인의 말이 심상치 않다.

— 빨리 안으로 들어오세요! 군인들이 다시 돌아왔어요.

아닌 게 아니라 거리에서 시끌시끌한 소리가 들려온다. 자동차 문이 여닫히는 소리, 군인들이 명령을 내리고 답하는 소리, 저벅거리는 발소리…… 이름이 기억나지 않는 어린아이의 엄마가 살며시 램프를 껐다. 그리곤 내 옆에 가만히 무릎을 꿇고 앉는다. 나는 아픔을 참으면서, 일어나 보려고 몸을 가누어 움직인다.

여인이 조용히 일어나 복도 쪽으로 걸어간다. 얼굴에 흘러내린 머리카락을 귀 뒤로 쓸어넘기던 손으로 따라오라고 손짓한다. 나는 일어나서 너덜너덜해진 육신을 이끌고 그녀를 따라간다. 우리는 복도의 어둠 속으로 들어간다. 내 뒤에서 살며시 문을 닫은 여인은 어둠 속에서 다시 앞장을 선다.

— 저를 따라 다른 방으로 들어가는 거예요!

그녀가 어느 방으로 들어간다. 나는 장님처럼 그녀의 치마가 스치는 소리를 듣고 따라간다. 그녀가 멈췄다. 여인의 손에서 성냥불 하나가 어둠을 찢는다. 그녀는 반쯤 타다 만 양초에 불을 붙인다. 그곳은 작은 방이었다. 검붉은 양탄자 위에 두 개의 매트가, 하나는 문 가까이에, 다른 하나는 방 안쪽 창문 아래에 깔려 있다. 나는 진흙투성이의 구두를 벗은 후, 문 옆에 있는 매트 위에 앉는다. 여자가 다시 복도로 나간다.

— 여기서 잠깐만 기다리세요.

— 저, 실례지만…….

난 대체 무슨 말을 하고 싶었던 걸까? 여인이 복도 속으로 사라진다.

양초가 죽어간다, 나보다 더 희미하게.

밤이 양초를 죽여 버렸다. 방 안의 어둠 속에서 불안해진 나의 두려움과 막연함은 손을 창문 쪽으로 향하게 했고, 군인들이 마당 안으로 들어왔는지 보기 위해 커튼 자락을 들추게 만들었다. 마당은 텅 빈 채 어둠과 정적 속에 빠져 있었다. 여인은 어디에 있는 걸까? 왜 군인들이 돌아왔을까? 나 때문에? 그들은 무엇 때문에 나를 잡으려는 걸까?

이곳을 떠나야 한다. 어머니는 내게 닥친 이 불행을 짐작조차 못하고 계시겠지! 어머니는 지금 우리 집 마당에 있다. 반쯤 열린 문 뒤에 작은 몸을 옹색하게 웅크리고. 어머니는 골목에서 내 발자국 소리가 들려오기만을 애타게 기다리고 있지만, 그 소리는 들려오지 않는다. 밤의 어둠 속에서 내 모습을 찾기 위해, 어머니는 이따금씩 두려움에 떨면서 몸을 굽혀 밖을 내다본다. 하지만 내 모습은 보이지 않는다. 어머니는 두 손을 모으고, 《코란》의 한 장을 외운다. 평안을 비는 기도. 눈을 감는다. 핏기 없는 입술을 깨물면서 내가 속히, 그리고 아무 탈없이 안전하게 집으로 돌아올 수만 있다면 '두 개의 검을 가진 왕'*께 제물을 바치겠노라 서원한다. 그러니 난 떠나야 한다.

나는 일어나 더듬거리며 문 쪽으로 나아간다. 그리고 냄새로 내 신발이 어디 있는지 찾아낸다. 손에 구두를 들고, 복도로 발끝을 내민다.

— 어디 가세요?

놀란 내 손에서 구두가 떨어진다. 여인이 복도 입구의 작은 창 뒤에 서 있다.

— 난 가야 해요!

— 어디로 가시게요?

---

* 샤헤 두 샴셰라(Shahe dou shamshera) : 문자적으로 두 개의 검을 지닌 왕(고대 페르시아 제국령이었던 아나톨리아 남서부 카리아의 군주였던 마우솔로스를 가리킨다. 고대의 7대 불가사의 가운데 하나인 영묘의 주인공으로 유명하다). 그의 영묘는 카불의 한복판에, 그것도 유명한 아랍의 장군이자 우스만 칼리프 시대에 아프가니스탄의 모슬렘 정복을 지지한 사람들 중 한 명인 라이트 빈 키아스가 쓰러졌던 바로 그 장소에 세워졌다. 전설에 따르면 이 영묘의 주인공은 양손에 칼을 들고 싸웠으며, 목이 잘린 후에도 계속해서 싸웠다고 한다.

— 집으로요.

— 빨리 따라오세요! 거리는 지금 군인들로 가득 찼어요.

여인은 내 앞을 지나 조금 열려 있는 문 쪽으로 간다. 문으로 가느다랗게 노란 불빛이 새어나와 복도 바닥에 떨어진다. 방으로 들어가기 전, 그녀가 머리카락으로 반쯤 가려진 시선을 내게로 돌린다. 그리고는 우리 어머니에게서 늘 보고 싶어했던 침착한 태도로 중얼거리듯 말한다.

— 신발부터 신으세요.

그녀가 방 안으로 사라진다. 그리고 내가 신발을 신는 동안 다시 복도로 돌아온다. 한 손에 석유램프를 들고, 다른 한 손으론 조금 전에 보았던 유령 같은 사나이의 손을 잡고 있다. 사나이는 조금 전과 똑같은 자세로, 두 팔을 마치 활처럼 어정쩡하게 구부리고 있다. 이제야 그의 얼굴이 조금 제대로 보인다. 그의 머리는 거의 백발이며, 턱수염 역시 새하얗다. 하지만 절대로 나이가 많지는 않을 듯하다. 오히려 청년이다. 아마 나보다 더 젊을 것이다.

— 저를 따라오세요!

여인의 목소리에, 조로한 젊은이의 숱 많은 백발과 하얀 턱수염에서 시선을 뗀 나는 그녀의 치맛자락이 쓸리는 소리를 따라 복도 끝으로 간다. 여인이 집 뒤로 향하는 작은 문을 밀치고 나간다. 이제 우리는 계단을 내려간다. 계단을 다 내려가자, 흙과 풀 속에서 여인이 감추어진 뚜껑을 찾아낸다. 그리고 뚜껑을 열더니 나에게 먼저 내려가라고 말한다.

난 망설이지 않고, 심지어 왜 내려가야 하는지 궁금해하지도 않고(혹은 그녀에게 물어볼 생각도 않고) 밑으로 내려간다.

내가 직사각형의 도랑 안으로 내려가자, 유령 같은 남자도 따라 내려온다. 그는 내려오면서 나를 꼭 붙잡는다. 위에 있던 여인이 뚜껑을 다시 닫는다. 흙과 풀이 뚜껑 위로 떨어져 덮이는 소리가 머리 위에서 들린다. 어쩌면 그 소리는 나 혼자 듣고 있는 건지도 모른다.

이 남자는 누구일까? 그녀의 남편? 아니면 나처럼 구해 준 다음 떠나지 못하도록 만든 낯선 행인일까? 나도 남자처럼 이곳에 남게 될까? 내 머리카락도 저렇게 하얘질까? 여인은 우리에게서 무얼 원하는 걸까?

누군가 쾅쾅 대문을 두드린다. 유령 같은 남자가 고통스럽게 숨을 몰아쉰다. 지하의 습기와 내 구두에서 올라오는 진흙 냄새가 뒤섞인다. 군화 소리가 뜰 안에서 울린다. 유령 같은 남자가 낮게 신음한다. 식은땀이 내 이마에서 코를 타고 흘러내린다. 금방이라도 다리 밑에 땀으로 얼룩진 웅덩이가 생겨날 것만 같다. 유령 같은 남자는 신음을 계속한다. 구덩이 안은 미지근한 수증기로 가득 차 있다. 시큼하면서도 쏘는 듯한 냄새가 코를 찌른다. 유령 같은 남자가 오줌을 누고 있는 중이다. 그의 신음 소리가 공기를 가른다.

모든 것이 뒤섞인다. 진흙과 오줌과 신음 소리와 호흡과 암흑과 고통, 질식, 그리고 흙이.

나는 무덤 속에 있다.

할아버지는 말씀하시곤 했지. 다몰라 사이드 무스타파의 말에 의하면, 불신자들이 죽으면 그 악한 행위들이 눈멀고 귀먼 굶주린 늑대들로 변한다고. 그래서 그 늑대들이 무덤 속으로 들어와 마지막 심판의 날까지 그를 괴롭힌다고.

또 어떤 경우엔 그 행위들이 더러운 돼지로 변해서 그를 괴롭히기도 한단다.

그래, 난 불신자이다. 그래서 날 괴롭히기 위해 눈멀고 귀먼 천사를 보냈을 것이다. 내가 고통당하는 걸 보지도 못하고, 나의 울음소리도, 간청하는 소리도 듣지 못하도록 눈멀고 귀먼 천사를 보낸 것이다.

그렇다면 내 수의는, 내 행위를 기록한 수의는 어디에 있는 걸까?

— 형제님?

　눈을 뜨면——나는 눈을 뜬다——, 분명 아직 어둠일 것이다——실제로 아직 어둠이다——. 똑같은 냄새, 똑같은 오줌, 오물, 진흙, 그리고 무덤이 있을 것이다. 백발 청년의 신음 소리와 귀멀고 눈먼 유령 같은 남자가 있을 것이다. 여인이 말한다.

　— 형제님, 나오세요! 이제 나오셔도 돼요.

　난 다시 몸을 일으켜야 한다. 하지만 움직여지지 않는다. 여인이 다시 내 얼굴에 물을 뿌려야 할지도 모른다. 눈을 떠야 해. 이 좁은 구덩이에서 나가야 한다. 계단을 올라가야 하고, 끝이 없는 캄캄한 복도로 들어가고, 내 방이 아닌 그 작은 방으로 들어가야 한다. 그리고 바닥에 쓰러져야 한다.

여인이 말한다.

— 형제님! 군인들이 떠났어요…….

난 다시 눈을 감는다.

날카로운 신음 소리가 귓가에 와닿는다. 눈을 뜬다. 아무도, 아무것도 보이지 않는다. 손으로 바닥을 더듬는다. 흙도 없고, 진흙도 없다. 꺼끌꺼끌한 양탄자 표면이 만져질 뿐이다. 탄식 소리가 점점 커진다. 누군가 문을 여는 둔탁한 소리가 들리는가 싶더니 이내 복도가, 그리고 내가 있는 방이 노란빛 속에 잠긴다. 탄식 소리가 잦아든다. 복도에 어렴풋한 빛이 비친다.

목이 마르다. 목구멍이 불타오르고, 관자놀이가 터질 것만 같다. 진흙과 오줌과 피와 포도주와 오물의 구린내가 뒤섞인 역겨운 냄새가 콧속으로 올라온다. 물을 찾아야 해. 조금 열린 문으로 약한 불빛이 새어 들어와 복도 중앙에서 어둠을 찢고 있다.

나는 그 약한 불빛을 좇아 문으로 다가간다. 문턱 옆에 석유램프가 놓여 있다. 방 안쪽 바닥에 아버지라고 부르던 아이의 엄마가 앉아 있다. 블라우스 앞섶을 풀어헤친 여인은 백발의 유령 같은 남자를 가슴에 품고서, 마치 갓난아기에게 젖을 물리듯하고 있다.

　나는 얼른 눈을 감았다가, 숨을 한번 천천히 들이마신 후 다시 눈을 뜬다. 아니, 이건 꿈이 아냐. 유령 같은 남자의 입술이 여전히 여인의 하얀 가슴을 짓누르고 있다! 움직이고 싶지만, 그렇게 할 수가 없다. 발이 바닥에 얼어붙은 듯하다. 유령 같은 남자는 잠들어 있다. 여인은 남자의 입에서 천천히 가슴을 떼어 낸 후, 그의 머리를 방석 위에 얹어 놓는다.

　그녀가 나를 보아서는 안 된다. 다른 곳으로 가야 해. 하지만 그럴 수가 없다. 여인이 블라우스 단추를 채운다. 벼락을 맞은 기분이다. 그녀가 일어나서 문 쪽으로 온다. 식은땀이 머리에서 발끝까지 쭉 훑는다. 여인이 램프를 들고 복도로 나온다. 날 보더니 움직이지 않는다. 아무 말이 없다. 내 온몸이 마비되었다. 내가 묻는다.

　— 화장실이…… 어디죠?

　여인이 얼굴 위로 흘러내린 머리카락을 쓸어올린다. 그녀의 시선에서는 어떤 질문도, 어떤 놀람도, 여자로서의 어떤 수치감 같은 것도 보이지 않는다. 여인은 램프를 들고, 열려 있는 작은

문으로 날 안내한다. 그리고 화장실 바닥에 램프를 내려놓고서
복도로 돌아간다.

— 깨끗한 옷과 수건을 준비해 오겠어요.

거울을 마주하는 것이 두렵다. 거울 속에 한 유령의 모습이
보인다. 그의 머리카락은 아직 희어지지 않았다. 저것이 정녕
나일까?

나는 진흙과 피와 오물로 뒤범벅된 옷을 한구석에 밀쳐 놓은 후, 램프를 들고 화장실에서 나온다. 그리고 내가 있던 방으로 돌아온다.

여인은 문 가까이 있는 매트 위에 앉아 있다. 방 안으로 새어 들어온 불빛도, 나의 존재도 그녀의 시선을 끌지 못한다. 앞으로 숙이고 있는 그녀의 얼굴은 늘 그렇듯 머리카락이 반쯤 가리고 있다. 난 그녀의 손이 닿을 만한 곳, 문에서 멀지 않은 곳에 램프를 내려놓고서 그 침묵 혹은 명상을 방해하지 않으려고 가능한 조용히 그녀 곁을 지나 맞은편 매트로 간다. 다 타들어 간 양초의 시체 위에서 새 양초가 타고 있다. 난 매트 위에 앉는다. 내 그림자가 반대편 벽과 여인의 몸 위에서 흔들리고 있다.

시선은 여인의 육체를 따라 오르고 싶은 욕망에 사로잡혀 있지만, 고작 양탄자의 검은 선에서 멈춰 있을 뿐이다. 그녀의 가슴은 아직도 벗은 채일까?

우리 둘은 말이 없다. 각자 상대편에서 먼저 이 침묵을 깨뜨려 주길 바라면서……. 내가 먼저 무어라고 말을 해야 하는 걸까? 어째서? 당신은 누구인가요? 당신은 혹시 날 다른 사람과 혼동하고 있는 건 아닙니까? 당신은 어째서 내가 떠나도록 내버려두지 않는 거지요? 입술 밖으로 튀어나오고 싶어 줄줄이 기다리고 있는 이러한 물음들이 마음과 싸우느라 육신마저 떨리게 만든다. 목구멍이 바짝 타들어 가고 있다.

그렇건만 내 시선은 무심한 듯 오로지 양탄자의 문양에 매여 있다. 자, 말을 해! 무언가 말을 해야 해.

— 자매님, 내게 베풀어 준 이 모든 것들에 어떻게 감사를 드려야 할지 모르겠군요. 난 아직 뭐가 어떻게 된 건지 도무지 이해되지가 않습니다!? 오늘 밤에…….

— 제 아들 야야와 테라스에 있었지요. 그때 갑작스레 지프한 대가 멈춰 서는 소리가 나더니, 곧이어 요란한 군화 소리와 군인들의 목소리가 들리더군요. 그리고 조금 있다가 거친 욕설과 구타하는 소리가 들려왔지요. 그 군인들이 떠나고 난 뒤, 문을 조금 열어 봤지요. 당신이 도랑 속에 의식을 잃은 채 쓰러져

있더군요.

흔들리는 내 시선이 양탄자의 문양을 따라가다 그녀가 앉아 있는 매트의 꽃무늬 위에서 멈춘다. 그녀의 가슴 근처까지 올라갈 용기는 차마 없다.

— 그랬군요……. 귀가 시간이 조금 늦었어요. 그땐 통행 금지 시간이 막 시작되었을 무렵이었지요. 집으로 뛰어가는 중이었는데…… 아무튼 본의 아니게 폐를 끼치고 말았습니다……. 이젠 집으로 돌아가야겠어요.

여인의 손이 매트의 꽃 위에 내려앉는다.

— 여기서 밤을 보내고 가시지요. 내일이면 무슨 해결책을 찾을 수 있을 거예요. 여기 있으면 안전해요. 군인들이 이미 집을 다 뒤지고 갔으니까요. 다시 돌아올 가능성은 거의 없거든요. 제 생각엔 그들이 당신을 찾고 있는 것 같아요. 그들 말로는 도둑이 이 길에 숨어들었다고 하던데…… 그러면서 이 동네를 샅샅이 뒤졌어요.

불안과 초조로 가득한 내 시선이 꽃무늬 위에 놓인 손을 따라간다.

— 정말 도둑이라는 말을 했습니까?

그녀의 블라우스 단추가 채워져 있다.

— 우리에게 겁을 주어 수색을 정당화하려면 무슨 구실을 만들어야 했겠지요!

그녀의 얼굴 반이 내 그림자로 가려졌고, 반은 그녀의 머리카락으로 가려졌다.

— 무엇 때문에 날 붙잡아서 그렇게 때린 건지, 도통 알 수가 없어요. 통행 암호를 모른다고 해서 그렇게 때린다는 건 있을 수 없는 일이죠!

그녀의 손이 매트의 구겨진 꽃을 떠나, 얼굴을 반쯤 가리고 있는 머리카락을 쓸어올려 귀 뒤로 넘겼다. 나는 양초의 촉광이 미치는 범위에서 조금 떨어져 그녀의 얼굴에 어리는 나의 그림자를 벗겨냈다.

— 통행 암호도 모르고, 신분증이 없다는 것만으로도 이미 범죄인 걸요.

— 아참, 내 신분증? 학생증?

나는 벌떡 일어나 황급히 화장실로 내달렸다. 바지와 셔츠 주머니를 뒤졌으나 아무것도 나오지 않았다. 난 풀이 죽어 방으로 돌아왔다. 냉정할 정도로 침착한 여인은 매트에서 꼼짝도 않고 있었다. 불안에 사로잡힌 나는 가만히 구석에 가 앉았다.

— 아무래도 가야겠습니다.

— 신분증도 없잖아요?

— 아마 군인들이 구덩이에 집어던진 것 같습니다. 그자들이 굳이 그걸 찾아가진 않았겠지요!

— 그럼 지금 나가서 찾아보겠다는 건가요? 수색대가 아직

거리에 있을 텐데요.

　당황한 나는 매트 쪽으로 몇 발자국 걸었다. 그리고는 어쩌
면 좋을지 몰라서 소리치듯 말했다.

　— 우리 어머니는…!

　그녀는 듣지 않은 것 같았다.

　— 먹을 걸 좀 갖다 드릴게요.

　그녀가 일어나서 램프를 들더니, 침묵과 복도의 어둠을 깨고
가버렸다.

　창턱에 있는 양초처럼 내 육신도 녹아 매트 위로 흘러내린다.

난 다시 혼자가 된다. 불안감을 떨치기 위해, 누이와 동생 곁을 떠나 홀로 마당 한구석에 서 계실 어머니의 얼굴이 떠올랐다. 어머니는 누이와 동생이 잠들기를 바란다. 그 애들은 다음 날 학교에 가야 하기 때문이다. 어머니는 기도를 하며 문 뒤에서 서성거린다. 그녀의 흐느낌이 금방이라도 마당을 폭파시킬 것만 같다. 그래, 난 지금 당장 가야 해. 그렇지 않으면 어머니는 단 한순간도 눈을 붙이지 못할 테고, 밤을 꼬박 새울 것이다.

— 가야 해!

목소리가 벙어리 같은 밤의 어둠을 찢는다. 난 일어선다. 머뭇거리는 내 그림자가 두 조각으로 분리되어 하나는 벽에, 다른 하나는 천장에 붙어 있다. 야야의 엄마가 쟁반을 들고 복도에서 들어온다.

— 가야겠습니다!

— 우선 이것부터 좀 드세요.

여인이 무릎을 꿇고 차를 따른다. 그녀의 몸짓에는 언제나 단호함이 서려 있다. 목소리와 시선에도.

— 어머니께서 밤새 한숨도 못 주무시고 계실 겁니다.

— 지금 나가다가 수색대의 손에 걸리기라도 하면, 당신 어머니는 평생을 한숨도 못 주무실 거예요.

그 말이 날 그 자리에 얼어붙게 만든다. 그녀 앞에서 난 마치 어린아이처럼 무장 해제되어 버린다. 나는 내 그림자처럼 떨면서 쟁반 옆에 다시 앉는다. 여인이 차를 따른다.

— 자매님, 더 이상 귀찮게 해드리고 싶지 않습니다. 아무래도 나 때문에……

그녀는 내 찻잔에 설탕 한 조각을 넣는다. 그리고 빵 한쪽을 내민다.

— 제가 알고 있는 건, 어둠보다 더 어두운 건 없다는 거예요. 그러니 안심하셔도 돼요. 제가 요 몇 년 동안 겪은 것보다 더 끔찍한 일은 없을 테니까요.

그녀의 시선이 둘로 나뉘어 떨리는 내 그림자 위를 미끄러져 간다.

— 1년 전 남편이 감옥에 갇혔지요. 그후 처형당하였다는 소

식을 들었죠. 야야에겐 아무 말도 하지 않았어요. 그래서 그 애
는 아버지가 여전히 여행중인 것으로 알고 있어요. 폴레샤르키*
라는 먼 곳에 있는 도시에서요.

— 그런데 그 애는 왜 날 '아버지'라고 부르는 거지요? 내가
남편과 닮았습니까?

— 천만에요. 전혀 안 닮았어요.

나는 묻고 싶었다. 그렇다면 왜 날 아버지라고 부르는 거지
요? 아버지의 얼굴을 잊어버린 건가요? 집에 아버지 사진이 한
장도 없단 말입니까? 아이는 자기가 꿈에서 날 나오게 했다고
계속 의기양양하게 말하는데, 그게 무슨 뜻이죠?

야야의 엄마는 벽에 등을 기대고 있다. 고개를 뒤로 젖히고
있는 그녀는 자신의 그림자와 하나가 된다. 그녀의 시선이 내
손을 따라온다. 그리고 내가 빵 조각을 내려놓는 쟁반에 이르
러서 멈춘다.

— 당신과 함께 은신처에 숨었던 청년이 바로 제 동생이에요.
겨우 열여덟 살밖에 안 되었죠. 그 애는 3주 동안 감옥에 있었
어요. 도대체 군인들이 그 아이에게 무슨 짓을 어떻게 했기에,

---

* 폴레샤르키는 문자적으로 돌아가는 다리를 의미하며, 카불 동쪽에 자리잡은
음산한 감옥의 이름이다. 죽음의 수용소인 그곳에서 1978년부터 1992년까지 공산
당 체제 아래 수많은 고문과 처형이 행해졌다.

그렇듯 정신을 잃은 건지…… 머리도 갑자기 백발이 되었고……
이제는 말도 할 줄 몰라요. 밤이면 깨어나서 신음하며 울어요……
마치…… 갓난아기 같아요.

그녀는 말을 마치고서, 그 말에 대한 해석을 침묵에 맡긴다.
그리고 쟁반 위에 찻잔을 내려놓는 떨리는 내 손의 움직임을 말
없는 시선으로 좇는다. 내 머릿속에서는 벗은 그녀의 가슴이,
내 어머니의 가슴보다 훨씬 더 순진무구한 그녀의 가슴이 눈물
로 채워지고 있다.

— 그들은 동생을 두 차례나 군대로 데려갔어요. 그 애가 군
대를 가지 않으려 병을 핑계하고 있다면서…… 끌려갔다 돌아
올 때마다 동생의 상태는 악화되어 있었어요. 그래서 결국 그
애를 숨겨 놓기로 결심한 거예요.

그녀는 얼굴 위로 흘러내린 머리카락을 두 손가락으로 집어
올려 귀 뒤로 넘긴다. 다시 침묵이 자리를 잡는다. 그녀는 내가
하지 않고 있는 물음을 기다리는 것 같다. 하지만 난 차마 그렇
게 하지 못한다.

그녀가 일어난다. 그리고는 쟁반에다 내가 하고 싶은 물음들
을 나의 두려움과 그녀에 대한 내 감정과 함께 주워담는다. 그
리고 그것들을 빵과 찻잔과 함께 복도의 어둠 속으로 가져간다.

야야의 엄마가 돌아온다. 그리곤 "안녕히 주무세요"라는 한 마디를 남긴 채 날 홀로 두고 떠난다. 그녀의 두 손가락에 마음을 사로잡힌 나는 흔들리는 내 그림자만 바라보고 있다. 가장 어두운 순간에 그녀의 손가락들은 나의 불안을 집어올리고, 그것을 그녀의 머리카락과 함께 귀 뒤로 넘긴다.

내 시선을 그토록 잡아끄는 그 손짓에 대체 어떤 신비가 숨어 있는 건지, 어떻게 내 숨을 멎게 하고, 내 의심과 불안을 단숨에 쫓아낼 수 있는 건지 궁금해진다.

그 손짓은 그녀의 손에 독특한 부드러움을 부여한다. 아니 그보다는 그녀의 부드러움을 드러내 준다고 해야 할 것이다. 머리카락이 그녀의 얼굴 반을 가리고 있을 때면, 고아같이 애처로운 그녀의 눈은 불안으로 가득 차 있다. 그 눈이 이상하게도 날 편안하게 만든다. 하지만 두 손가락이 그녀의 시선을 완전히 드러내면서 머리카락을 쓸어올릴 때면, 불안의 그림자는 더 이상 찾아볼 수 없다.

할아버지께서 아버지에게 이렇게 말씀하신 이유를 신은 알고 있으리라.

— 여자에게서 두려워해야 할 두 가지가 있는데, 바로 머리카락과 눈물이라네.

할아버지는 묵주 세 알을 굴리며 무어라 중얼거리고 나서, 다시 말을 이으셨다.

— 여자의 머리카락은 사슬이고, 눈물은 분노한 급류이거든.

그리고는 다시 기도문을 세 번 암송하면서, 묵주 세 알을 굴렸다.

— 그게 바로 여자의 얼굴과 머리카락을 반드시 가려야만 하는 이유인 게야!

아버지가 두번째 여자를 얻기로 결심하였노라 고하던 날, 할아버지께서 하셨던 말씀이다. 얼굴에 두려움의 마스크를 쓰기 전에 어머니는 우셨다.

할머니께서는 어머니가 두려움을 띤 표정을 갖고 태어났노라고 말씀하셨다. 그래서인지 내게 익숙한 것은 바로 그 두려움을 띤 얼굴이다. 누구든 어머니를 처음 대할 때면, 자신이 어머니를 놀라게 만들었나 보다고 여기게 되는 것이다. 나는 인자하신 어머니의 얼굴이 늘 그처럼 두려움을 띠는 이유가 뭘까 궁금했었다. 많이 튀어나온 광대뼈 때문이었을까? 양끝이 아래로 처진 입술 때문이었을까? 아니면 움푹 파인 눈일까? 마치 괄호처럼 양쪽에서 입술을 가두고 있는 깊이 파인 두 개의 주름살일까? 어머니는 괄호 속에서 웃었고, 괄호 속에서 울었다. 사실 어머니는 괄호 속에서 살아온 여인이었다.

어느 아름다운 날, 어머니의 얼굴에서 괄호가 사라진 적이 있었다. 어머니에게서 두려움의 마스크가 완전히 벗겨졌고, 그리고 몇 달 후 아버지는 새 아내를 맞이하였다. 아무도 이유를 묻지 않았다. 어차피 누군가 물어보았다 해도 아버지는 대답하지 않았을 것이다.

아버지는 어머니가 왜 그렇듯 두려움을 띤 표정을 하고 있는지 알려는 생각조차 하지 않았다. 아버지에겐 어머니의 표정 따위는 아무래도 상관없었음이 틀림없다. 그렇지 않다면, 그처럼 두려움을 띤 표정을 하고 있는 여인과 어떻게 육체적인 사랑을 나눌 수 있었겠는가? 더욱이 아버지는 어머니와 사랑을 나눈 것이 아니었다. 다만 육체적 본능에 따랐을 뿐이었다. 어둠 속에서 그녀의 육체 위에 올라가 눈을 감고……, 그리고는 끝!

두려움의 마스크가 어머니의 얼굴에서 벗겨지던 그 순간부터 아버지가 새로운 여인을 찾기 시작했다는 사실을 어떻게 설명하면 좋을까? 아마도 아버지를 자극했던 건 바로 그 두려움을 띤 표정이었고, 어머니가 사랑을 나누면서 두려움을 띤 표정을 짓지 않게 된 그날, 바로 그날 아버지는 기쁨을 느낄 수 없었는지도 모른다. 그래서 아버지는 새 여인, 더 젊은 여인, 섹스가 아직 두렵게 느껴지는 그런 여인을 찾았을 것이다.

섹스가 곧 공포를 뜻하지 않게 된 그날은, 아마도 어머니가 환희를 느꼈던 처음이자 마지막 날이었을 것이다!

아버지가 새 여인을 맞아들이자, 두려움의 마스크는 어머니의 얼굴에 재빨리 자리잡았다. 이번엔 섹스가 일으키는 공포가 아니라 고독으로 인한 공포였다.

오늘 어머니는 평소처럼 두려움을 띤 얼굴을 하고서 문 뒤에 혼자 서 있다. 어머니가 두려움 속에서 기다리고 있는 사람은 물론 나다.

무력한 손, 캄캄한 밤 신을 향해 들려진 힘없는 손이 평안의 기도를 드리고 있다.

그러니 난 지금 떠나야 한다.

— 어디 가세요?

그 목소리에 난 그만 테라스의 마지막 계단에서 주저앉고 만다. 무슨 일이 있어도 그녀의 시선과 마주치는 일이 없어야 한다! 대문에서 눈을 떼지 않은 채 나는 당황해서 어쩔 줄 몰라하며 대답한다.

— 이제 집으로 돌아가야 합니다.

다시 한 번 나는 그녀의 눈길 아래에서 어찌해야 좋을지 모르는 어린아이처럼 되어 버린다.

— 떠나고 싶으면, 떠나세요! 하지만 제가 당신을 숨겨주었다는 사실만은 군인들이 절대로 모르게 해주세요.

그 말에 난 어쩔 수 없이 어머니를 우리 집 문 뒤에 버려두고 만다. 공포에 사로잡힌 어머니의 입술이 밤하늘 별들의 수만큼이나 평안의 기도를 읊조리도록 내버려둘 수밖에 없다.

잘못을 저지른 아이처럼 나는 땅만 내려다보며 다시 테라스로 돌아온다. 그녀의 손가락을 보고 싶지 않다. 얼굴 위로 흘러내린 머리카락을 쓸어올려 귀 뒤로 넘기는 그 두 손가락을!

나는 문턱에서 움직이지 않는다.

— 자매님…….

— 마나즈. 마나즈라고 부르세요. 저는 '자매님'이라는 소리가 싫어요. 당신 이름은?

— 파라드……. 내 말은…… 당신의 생활이 나 때문에 위험스러워지는 걸 원치 않는다는 겁니다…….

— 지금 떠나시면, 여기 남아 있는 것보다 훨씬 더 제가 위험해져요. 날이 새면 무슨 해결책을 찾아보도록 해요.

난 복도로 들어간다. 얌전히 신발을 벗고, 내가 있던 방으로 다시 들어간다.

양초의 심지 속에서 밤이 계속 타들어 가고 있다.

"내 것이 일어서지 않으면,
네 것이 일어서지 않으면,
그의 것이 일어서지 않으면,
누가 이 나라의 어미와 붙어먹으랴?"

에나야가 추방당한 까닭은 이처럼 공산당의 슬로건을 바꿔서
장난을 쳤기 때문이다. 에나야는 이 방자한 시를 종이 한 귀퉁
이에 휘갈겨 쓴 다음, 그걸 똘똘 뭉쳐서 내가 있는 쪽으로 던졌
다. 마침 그 종이 뭉치가 공산당에 가입한 어느 학생의 발 아래
떨어졌고, 돌돌 말린 그것을 주저 없이 펴본 그는 에나야의 글
씨체라는 걸 이내 알아차리고 말았다.

에나야는 학기가 끝나길 기다릴 것도 없이 곧장 학교에서 도망쳤다.

그날 저녁 난 에나야의 집으로 갔다. 그는 아프가니스탄을 떠나기로 마음을 굳힌 상태였다.

우린 꼬박 이틀 밤 동안 송별식을 했다. 그것은 시적인 이별이었다. 이틀 밤 내내 술을 마시면서 보낸 것이다. 눈은 조금도 붙이지 않았다.

에나야는 카불에 태양이 뜨는 걸 마지막으로 보고 싶다고 했다. 밤이 보초들의 군홧발 아래 차츰 스러져 가는 시간, 꿈들이 물라의 부름 아래 흩어져 가는 시간에 에나야와 나는 바그에발라 언덕에 있는 포도밭 가운데로 숨어들어 태양이 뜰 기다렸다. 우린 배가 고팠다. 에나야는 포도나무 잎사귀에 내린 이슬을 받아먹었다. 그는 시인은 아니었지만, 그 삶은 한 편의 시였다.

떠오르는 태양을 바라보고서, 우리는 그의 집으로 다시 돌아와 술을 마셨다. 그리고는 마치 입에 술이라곤 한 방울도 대지 않은 사람들처럼 모알렘의 가게로 가서 바쿠스의 딸들을 만났다.

밤은 여전히 양초의 심지 속에서 타들어 간다. 나는 무심코 손가락을 심지 쪽으로 가져간다. 만일 심지에 닿는 내 손가락이 뜨겁다면, 그건 내가 깨어 있기 때문이다.

이 모든 게 과연 현실 속에서 일어나고 있는 것인지 여전히 믿어지지가 않는다. 아니면 내가 현실임을 믿고 싶지 않은 걸까? 그래, 난 이것이 악몽일 뿐 현실이 아니길 바란다.

손가락이 몹시 뜨겁다.

마나즈가 순전히 친절과 자비심을 가진 하나의 꿈일 수만 있다면 얼마나 좋을까. 나는 눈을 떠서 내 방 침대에 누워 있는 나를 발견하고 싶다. 내 머리맡에 앉아 평안의 기도를 올리면서, 아침의 미지근한 숨결 속에서 나를 축복하고 있는 어머니의 괄호 없는 입술에서 새벽을 보고 싶다……. 어머니의 품에 안기고 싶다…….

어머니가 우리를 꼭 끌어안는다. 파리드와 나를. 어머니의 품속에서 우린 다시 어린아이들이 되어 버린다. 그때 갑자기 파리드가 소리치기 시작한다.

— 아버지! 아버지!

도대체 누구에게 '아버지'라고 하는 거지? 내게?

— 아니, 파리드. 나야, 네 형이야!

파리드는 듣지 못한다. 계속해서 소리칠 뿐이다. 어머니가 웃옷의 단추를 풀고, 두 개의 유방을 꺼내 우리들의 입에 하나씩 물려준다. 어머니는 아무 말도 하지 않는다. 파리드가 어머니의 가슴을 빤다. 하지만 곧 입술을 뗀다. 그의 입에 피가 가득하다. 난 어머니의 가슴을 바라본다. 어머니의 가슴에서 젖 대신 피가 흐르고 있다. 그러나 난 계속해서 다른 한쪽의 가슴을 빨고 있다. 그것은 피 냄새가 아니라 분명 젖 냄새이다. 하지만 굳어 버린 젖이다. 나도 가슴에서 입술을 뗀다. 시큼한 젖이 목구멍에서 올라와 내 입에 가득 찬다. 파리드가 소리를 지른다.

— 엄마, 아버지가 자꾸만 토해요!

오물의 시큼한 냄새가 입과 코를 찌른다. 어머니를 부르며 복도로 달려가는 야야가 보인다.

— 엄마, 아버지가 자꾸 토해!

마나즈가 손에 수건을 들고 나타난다. 그녀가 다가와 내 앞에 무릎을 꿇는다. 그리고 이마에 축축한 수건을 올려놓는다. 나는 마지막 남은 힘을 모두 짜내어 몸을 일으킨다──내 능력을 넘어서는 일이다──. 마나즈가 나를 부축하여 앉힌다. 틀림없이 마나즈의 벙어리 동생이나 처형당한 남편의 것일 셔츠가 오물로 더럽혀졌다. 마나즈가 내 입과 목을 수건으로 닦는다. 난 그녀를 똑바로 바라볼 수가 없다. 꼭 그녀가 맨가슴을 드러내고 있을 것만 같다. 그래서 나의 시선은 내 얼굴에서 목을 따라 한없이 부드럽게 움직이는 그녀의 손에 고정되어 있다.

— 이제 좀 괜찮아요?

— 네…….

이들 모자는 내게 말할 수 없이 친절하다! 이들이 내게서 바랄 수 있는 건 뭘까?

야야가 물잔을 내밀며 내 앞에 앉는다.

— 아버지, 괜찮아요?

— 야야, 파라드 아저씨가 조용히 쉴 수 있도록 해드려야지!

다른 방에 가 있으렴!

　마나즈가 양탄자 위의 오물 자국을 닦아낸다. 나도 도와야 한다. 하지만 그럴 수가 없다. 아이가 어머니의 말에 순순히 일어나서 방을 나간다. 무언가를 말하고 싶지만, 내 혀가 굳어 있다. 그리고 눈은 여전히 마나즈의 손에 매여 있다. 가슴이 고동치는 소리가 들린다. 그것은 꾹 참고 있는 나의 말이기도 하다…….

마나즈가 일어선다.

　— 통행 금지 시간이 지났어요. 나가서 약을 좀 사올게요.

　— 나 때문에 위험한 일을 하실 필욘 없습니다……. 제발 그러지 마세요.

마나즈가 말없이 방을 나선다.

새벽빛이 창을 통해 방 안으로 들어오고 싶어서, 누군가 커튼을 젖혀 주기만을 기다리고 있다.

그러나 난 커튼을 걷어 젖히지 않는다.

드리워진 커튼 자락 사이로 햇빛이 새어들어 창턱을 넘어서 내가 앉아 있는 매트 위로 떨어진다. 그리고 좀더 멀리 뻗어나가 양탄자의 붉은 표면 위에 있는 검은 선들과 만난다. 마나즈는 아침에 먹을 빵과 나를 위한 약을 사러 나갔다. 야야가 들어와서 문 옆에 있는 다른 매트 위에 앉는다. 우리는 말이 없다. 어린아이의 천진한 시선이 날 보며 미소짓는다. 그 아이의 얼굴에서 나와 닮은 점을 찾아보기는 어려울 것 같다. 어쩌면 아이는 나와 닮았으리라 여겨지는 아버지와 전혀 닮지 않았는지도 모른다. 아이가 어머니를 닮지 않은 것으로 보아 아버지를 닮았을 듯도 한데……. 그런데 아이는 어째서 나를 아버지와 혼동하는 걸까?

내 시선은 아이의 아버지 사진을 찾으려고 새하얀 벽을 훑어보지만, 걸려 있는 거라곤 아무것도 없다. 다 타버린 양초의 잔해가 놓인 창틀 위, 가죽 표지에 금박을 한 두꺼운 책 두 권이 보인다. 나는 다가가 펼쳐 본다. 《7명의 미녀들》과 《호스로우와 시린》*이다. 책들을 제자리에 놓고, 다시 매트 위에 앉는다.

야야는 왜 날 '아버지'라고 부르는 걸까? 마나즈는 내게 분명한 대답을 해주지 않았다. 아이가 아버지의 모습을 알지 못하는 게 아닐까?

가까이 오라고 손짓하자, 야야가 얼른 다가와서 내 앞에 앉는다. 커튼 자락 사이로 비집고 들어와 양탄자 위에 내려앉은 햇빛 한가운데. 아이가 내 얼굴을 찬찬히 들여다본다. 아이의 시선에는 일말의 의문도 없다. 그러나 야야 같은 아이의 머릿속은 많은 질문들로 가득 차 있을 것이 분명하다. 특히 '아버지'라 부르는 이를 향해서…… 사라진 아버지, 오랫동안 집을 비운 아버지, 피멍과 상처로 얼룩진 얼굴을 하고서 한밤중 느닷없이

---

* 페르시아의 위대한 시인 네자미(1141-1209)의 낭만적 서사시. 《호스로우와 시린》은 사산 왕조의 호스로우 파르비즈 왕과 아름답고 자존심 강한 시린 왕비의 사랑을 이야기한다. 페르시아 문학의 걸작 《7명의 미녀들》은 서정적이고 신비한 이야기로서, 일주일 동안 일곱 명의 신부들이 저마다 하루에 한 가지씩 이야기해 준 일곱 이야기를 통해 바람 왕이 지혜를 깨우쳐 간다는 극시이다.

나타난 아버지! 어젯밤 아이는 오직 한 가지만을 물었다. "아버지, 그동안 어디에 있었어요?" 그리곤 대답도 기다리지 않고 이내 방을 나갔었다. 그것은 물음표 없는 물음이었다. 게다가 더 이상은 아무것도 묻지 않았다. 마치 나의 출현이——혹은 아버지의 출현이——그 어떤 물음보다 많은 것을 내포하고 있다는 듯이. 하지만 난 언젠가는 이 집을 떠나야 한다. 그리고 야야는 알아야만 한다. 내가 아버지가 아니라는 것과, 곧 떠나리라는 것과, 또…….

— 야야, 난…….

아이의 입술에 여전히 미소가 어려 있다. 나의 다음 말을 기다리고 있는 것 같지 않다. 반대로 그 시선은 침묵 속에서 전혀 다른 말을 하고 있다. '제발 이대로 착각하고 있도록 내버려둬요! 아저씨가 내 아버지가 아니라는 것쯤 알고 있어요. 하지만 아저씨, 조금만 더 내 아버지인 척해 주세요. 아저씨도 이 모든 게 꿈이길 바라시죠. 나도 아버지가 다시 돌아온 거라고 믿고 싶어요. 그러니 부디 내 꿈을 깨부수지 말아 주세요!'

그러면서 아이가 불쑥 하는 말.

— 아버지, 난 아버지가 어디 갔다왔는지 알아요!

그 시선이 하고 있는 침묵의 말들을 아이의 이 말이 단박에 흩뜨려 놓는다.

— 그래? 어딘데?

아이가 몸을 틀며 내게로 다가온다.

— 폴레샤르키라는 도시에서 온 거죠.

— 그곳이 어떤 도시인지 아니?

아이의 손가락이 햇빛과 매트의 꽃과 더불어 장난을 친다.

— 아주 커다란 도시예요. 밤낮으로 돌아가는 거대한 다리 위에 지어진 도시죠.

— 내가 떠나던 때를 기억하니?

— 아뇨. 내가 자고 있을 때였잖아요. 램프에 담을 석유가 떨어져서 폴레샤르키로 사러 갔다고 하던 걸요. 그런데 거기서 그만 길을 잃었대요. 그곳엔 아는 사람도 없는데. 아버지는 신분증도 집에 두고 갔더래요. 그래서 그 도시의 감옥에 갇혀 있다고 했어요. 그곳은 다리가 절대로 멈추는 법 없이, 매일 밤낮으로 도는 곳이래요. 내가 안와르 아저씨한테 아버지가 폴레샤르키에서 돌아올 수 있느냐고 여쭈었더니, "꿈속에서!"라고 하였어요.

아이는 이제 햇빛과 매트의 꽃으로 장난하지 않는다.

— 그래서 엄마가 무척 울었어요. 절대로 돌아오지 못할 거라고 생각했거든요. 그런데 안와르 아저씨의 말대로 아버지가 내 꿈속에 돌아왔어요. 하지만 언제나 내가 깨어나기 전에 다시 떠나 버리곤 하였죠. 그래서 난 엄마에게 맹세했어요. 또다시 내

꿈속에 오면, 그땐 꼭 붙들어 다신 떠나지 않도록 하겠다고요.

아이는 그 꿈속에서 날 끄집어 냈다. 나는 꿈속의 존재이다. 가상의 아버지, 가상의 남편……. 굳이 현실로 돌아오기 위해 싸워야 할 필요가 있을까?

나는 야야를 꿈속에, 밤낮으로 돌아가는 거대한 다리 위의 도시에 남겨둔다. 그리고 다시 누군가 다른 사람의 꿈속으로, 내 어머니의 고통스러운 꿈속으로 들어갈 수 있기를 소망하며 눈을 감는다.

어머니는 밤새도록 눈을 붙이지 못했다. 심지어 새벽 기도조차 잊었다. 야간 통행 금지 시간이 막 끝날 즈음, 어머니는 밖으로 나와 한참 동안 거리에 서 있다. 아무도, 아무것도 보이지 않는다. 더욱이 아들의 그림자는 전혀 눈에 띄지 않는다. 그래서 어머니는 다시 집으로 들어간다. 어디로 간 걸까? 어디로 가서 아들을 찾아야 할까? 어머니는 아마 에나야의 집으로 가볼 테지만, 그곳에서도 날 찾을 순 없을 것이다. 그 다음엔? 어느 동네, 어느 집에 가서 나에 대해 물어볼까? 직접 세다라의 사령부*

---

* 카불 중심지의 광장으로 수상의 저택과 정부 관사와 감옥이 있는 곳이다. 공산당 체제하, 그곳에서 수많은 죄수들이 심문을 받았다. 처형당하지 않은 사람들은, 즉 그 자리에서 사라지지 않을 경우 폴레샤르키로 보내졌다.

로 갈까?

— 아주머니, 다른 사람들처럼 줄을 서세요!

어머니는 줄의 끄트머리에 서기 위해 수백 명의 어머니들 앞을 지나간다.

나 때문에 군인에게 말을 걸며 아주 상냥한 표정을 짓는다. 어머니는 그를 '형제'라고 부른다.

— 부탁입니다, 형제. 내 아들 파라드, 미라드의 아들 파라드가 어젯밤에 돌아오지 않았어요…….

— 그는 여기에 없습니다. 다른 녀석들처럼 도망쳤어요!

— 도망쳤다고요?

어머니는 얼굴의 괄호 속에서 수 차례 그 말만을 되풀이한다. 이 아이가 어디로 간 거지? 어디로 도망쳤다는 걸까? 왜 아무 말도 하지 않고 떠났을까?

내가 어떻게 어머니를 두고, 파리드와 파르바나를 두고 혼자 떠날 수 있단 말인가?

어머니는 내가 이 땅을 얼마나 저주했는지를 잘 알고 있다. 또 아버지가 세 남매와 어머니를 버리고 떠났을 때, 내가 아버지의 비겁함을 얼마나 저주했는지도 잊지 않고 있다.

— 아냐, 우리 애는 도망치지 않았어! 그럴 리가 없지. 그렇다면 이 애가 어디서 밤을 지새운 걸까? 혹시나 그 애를 군대나 감옥으로 보낸 건 아닐까?

혹여 외침이라도 터져 나올까, 어머니는 공포로 가득 찬 입을 뼈마디가 불거진 앙상한 손으로 틀어막는다. 어머니는 다른 어머니들의 연민에 찬 무거운 눈길을 받으며, 한쪽 구석으로 가서 앉는다.

그러니 난 떠나야 해. 나는 일어선다. 야야가 내게서 눈길을 거두지 않는다. 나는 복도 쪽으로 몇 걸음을 옮겼다.

— 아버지, 곧 엄마가 돌아올 거예요.

맞아. 마나즈가 돌아오기 전에 떠나야 해. 내 결심을 무너뜨리고 말 그 시선의 무게를 느끼고 싶지 않아. 신발이 어디 있더라? 방에도, 복도에도 신발이 보이지 않는다. 신발을 어디다 감춘 걸까? 방으로 돌아온다. 야야는 움직임 없이 열에 들떠서 왔다갔다하는 날 보며 여전히 미소짓고 있다.

— 신발이 어디 있지?

아이가 말없이 일어난다. 그리고 남아 있어 달라 간청하는 듯한 눈빛으로 천천히 내 앞을 지나, 복도를 지나 테라스로 간다. 이윽고 내 신발을 가져온다.

— 엄마가 신발을 빨았어요.

아이는 내 발치에 신발을 놓아두고서, 문 쪽에 있는 매트 위로 돌아가 앉는다. 그리고는 신발 앞에서 머무적거리고 있는 내 맨발을 물끄러미 쳐다본다. 신발이 젖어 있다. 무슨 상관이람!

어머니가 날 기다리는데.

할 수만 있다면, 나는 야야와의 작별 인사를 피하고 싶다. 아이의 시선 역시 나를 마비시켜 버리고 말 테니까. 나는 거리를 향해 나 있는 대문 쪽으로 달려간다. 그때 문이 열리고 마나즈가 들어선다.

— 어디 가세요?

그녀가 급히 문을 닫는다. 고소한 빵 냄새가 뜰 안에 퍼진다.

— 난 가야 해요.

— 그럼, 가 보세요!

그녀가 빠끔히 문을 열어준다. 거리에 서 있는 두 명의 군인이 보일 만큼만. 그들의 무거운 군홧발이 나가고 싶은 마음을 순식간에 짓밟아 버린다. 난 흠칫 놀라서 물러선다. 마나즈가 조용히 문을 닫는다. 그래서 우린 다시 복도로 돌아온다.

— 탈주병인지 아닌지는 모르겠지만, 아무튼 저는 한 젊은이를 구했다고 믿었어요. 솔직히 말해 보세요? 당신은 어떤 사람이죠?

— 맹세합니다, 마나즈. 난 정말 아무것도 아닌, 그저 그런 보통 사람일 뿐입니다.

— 그러면 왜 저들이 어젯밤부터 당신을 찾고 있는 거지요?

— 그것은 나도 궁금합니다. 어젯밤 내내 최근 내가 한 일들

에 대해서 생각해 봤지만 도무지 아무것도 떠오르지가 않았습니다. 어떤 조직에 들어간 적도 없고, 레지스탕스나 혁명에 가담한 적도 없어요……. 그저 난…… 카불을 빠져 나갈 준비를 하고 있는 친구와 이틀을 보낸 일밖엔 없습니다. 그와 작별하고 집으로 가던 길이었어요. 하지만 이미 통행 금지 시간을 어긴 터라 수색대에 체포되었지요. 아무리 생각해도 그것밖엔 없습니다. 특별히 이렇다 할 일을 한 게 없단 말이죠……. 한 가지 있다면…… 몸집이 왜소한 장교를 '사령관님'이라 부른 것뿐인데, 내 생각엔 그 장교가 자기를 놀린 거라고 여겼던 듯합니다…….

나는 마나즈 곁에서 걷는다. 슬그머니 그녀를 쳐다보고 싶다.

그녀의 의심 혹은 신뢰는 그 머리카락 속에 감춰져 있을 것이다. 나는 입을 다문다.

우리는 복도를 지났고, 마나즈와 야야는 주방으로 향한다. 그리고 나는 내가 있던 방으로 돌아온다. 축축한 신발을 벗은 다음, 창 밑에 있는 매트에 가서 앉는다.

지금 난 무엇을 두려워하고 있는 걸까? 무엇 때문에 이 여인에게 복종하고 마는 거지? 그녀의 시선이 어머니의 불안보다 더 큰 무게를 갖는 걸까? 아니다! 그렇다면 난 재빨리 이곳을 떠나지 않고 무얼 기다리는 걸까? 난 떠나야 해.

매트에서 일어난다. 심장이 뛰기 시작한다.

나는 양심의 가책을 받을 만한 짓을 한 적이 전혀 없다. 그러니 이 구역의 정치위원회에 가서 어젯밤에 일어났던 일들을 모두 떳떳하게 말할 테다. 그들이 오해를 하고 있다고, 난 결코 장교를 조롱할 생각은 눈곱만큼도 없었다고 설명해야지. 그저 술을 조금 마셨을 뿐이라고, 약간 흥분했었노라고 말하면 되는 거야. 만일 내가 누군가를 불쾌하게 만들었다면 사과를 하자. 그리고 집으로 돌아가야 해.

복도에서 다시 축축한 내 신발을 신는다. 심장이 더욱 빨리 뛴다.

여인이 주방에서 쟁반을 갖추어 들고 나온다. 아침 식사 냄새가 복도를 가득 채운다.
— 왜 방에 있지 않고요?
그 눈길의 무게에 짓눌려 조금 전까지의 내 결심은 축축한 신발 밑창으로 무너져 내려앉고 만다. 이상한 일이다. 왜 난 떠나겠다는 이야길 할 수가 없는 걸까? 만일 사람들이 내가 이곳에 있음을 알아차리면, 그땐 내가 결정적으로 곤경에 처하게 되리라는 걸 그녀는 왜 이해하지 못하는 걸까! 그런데 그녀는? 그녀는 어쩌면 내가 이곳에 있느냐고 물어올 이가 아무도 없을 거라고 믿는 걸까? 이것 봐요, 마나즈. 당신은 과부이고, 남편은 정치범이었소. 그리고 당신과 난 아무런 관계도 없지 않소. 과부인 당신과 낯선 남자가 어떻게 한 집에 있을 수 있단 말이오? 게다가 당신 가족은? 만일 당신 시댁에서 알게 되면, 당신 집에 젊은 남자가 불법적으로* 머물고 있다는 사실을 대체 어떻게 이야기할 셈이오?

마나즈는 창문 옆에 있는 매트 아래 쟁반을 내려놓은 후, 나를 혼란스러운 이런 물음들 속에 버려둔 채 다시 복도로 나가 동생의 방으로 가버린다. 나? 나는 창문 밑 매트의 내 자리로 돌아가 앉는다. 쟁반의 찻잔 옆에 구토를 막는 약봉지가 놓여 있다.

---

* 나 모아람 : 이슬람 전통에서 여자는 자신에게 '금지된' 사람들, 즉 이슬람 전통에 따라 결혼 가능한 모든 남자들 앞에서 자신의 얼굴을 보여서는 안 된다.

그래, 난 욕지기를 느낀다.

이건 취기도 아니고, 속이 불편해서도 아니다. 이건 내 심장을 들어올리는 공포이다.

나는 샴스*의 '에세이'를 빌리기 위해 대학 도서실을 찾았다. 사서의 말이, 누군가가 그 책을 읽고 있는 중이라 했다. 하는 수 없이 난 다른 책을 골랐다. 그리고 잠시 책을 뒤적이다가 짙은 안경을 낀 학생이 앉아 있는 탁자로 갔다. 그는 단어들을 집어삼킬 듯한 기세로 머리를 책 속에 파묻고 있었다. 가만히 보자니, 그가 읽고 있는 책이 마침 내가 찾던 책이었다. 난 그에게 다가가 내게도 겨우 들릴까 말까 한 잔기침 소리로 나의 존재를 알렸다. 그리고 나지막이 속삭이듯 말했다.

— 실례지만 그 책을 다 읽게 되면 내게 알려줄 수 있겠습

---

* 샴스 앗 딘의 《마칼라》: cf. 노트 p.69.

니까?

단어 속에 빠져 있던 그의 생기 넘치는 시선이 책을 떠나 내게로 향했다. 그는 고개를 잠깐 끄덕이더니, 이내 책 속으로 빠져들었다.

얼마 후 그가 일어섰다. 그리고 책 귀퉁이에 연필로 무언가 표시를 하고서는, 내게 다 읽었음을 알렸다. 우리는 함께 사서에게로 갔다. 난 그 책을 빌린 후 조금 전의 탁자로 돌아가 앉았다. 먼저 그가 표시를 하던 페이지부터 찾아보았다.

어느 페이지 위, 샹스의 한 구절에 밑줄이 쳐져 있다. "말하기에 무능한 우리, 우리는 단지 듣는 것만 가능할 뿐이다! 모든 것을 말하려는 것은 모든 것을 들으려는 것만큼이나 중요한 일이다. 하지만 난 우리들의 귀에 봉인이 찍혀 있음을 본다. 그 봉인은 우리들의 마음과 입에도 찍혀 있다." 그리고 그 귀퉁이에 연필로 이렇게 덧붙여져 있다. '=공포.'

그날 난 대학 식당에서 샹스의 '에세이'를 읽던 청년을 다시 만났다. 우리는 차를 마시면서 이야기를 나눴다. 그의 이름이 에나야였다.

이러한 순간을 공포라는 말 외에 어떤 다른 말로 표현할 수 있을까? 우리의 존재를 의심케 만드는 것, 그것이야말로 공포다. 공포는 우리로 하여금 가상의 세계 속에 숨어 버리도록 밀어붙인다. 그것은 진의 존재를 믿게 하며, 천상의 여인의 존재를 믿게 하고, 죽음 이후의 삶을 믿게 만든다.

　난 오래전부터 이 모든 공상을 몰아내 버렸다. 그래서 진들은 할아버지의 상상의 연극 속에서 배역을 맡고 있는 어린아이들에 지나지 않았다. 그리고 죽음 이후의 삶은 무(無)에 대한 공포를 쫓아내기 위해 인간들이 만들어 낸 믿음에 불과하다고 생각했다.

　하지만 칼라슈니코프의 개머리판이 잠들어 있던 할아버지의 진들을 지하 감옥에서 튀어나오게 만들었다. 그리고 진들은 어느새 내 삶의 무대로 돌아와 있다. 게다가 나는 두려운 현실보다 이 연극을 더 믿고 싶다!

그렇다. 난 영혼의 하늘나라 여행을 믿고, 진들의 존재를 믿으며, 나의 죽음을 믿는다. 하지만 내게 일어난 일만큼은 믿고 싶지 않다.

— 파라드 씨, 댁에 전화는 있나요?

나는 문틀에 기대서 있는 마나즈의 실루엣에 눈길을 돌리지 않은 채 차 한 모금과 빵 한 조각을 삼켰다. 그리고 대답한다.

— 아뇨, 그런데…….

— 그러면 집 주소라도 알려주세요!

난 일어나서 그녀에게로 간다.

— 제발 부탁입니다, 마나즈. 정말이지 당신에게 더 이상 폐를…….

— 집이 어딘지만 알려주세요.

그럴 생각이 전혀 없었음에도 불구하고 난 어느새 집의 약도를 그려주고 있다.

— 오래 걸리지 않을 거예요.

마나즈가 나간다. 나는 못 박힌 듯 그 자리에 서 있다. 마나즈가 복도의 문 앞에 멈춰 서서 야야를 부르고, 아이가 엄마의 방에서 뛰어나온다.

— 야야, 절대로 아무에게나 문을 열어줘서는 안 돼!

그녀는 복도를 나서서 테라스로 몇 발자국 걸어 나가더니 다시 돌아온다. 나 역시 출입구로 가 그녀 앞에 선다.

— 어머니께 전해 드릴 말이라도 있으세요?

— 아뇨…… 하지만…….

다음 말을 이을 수가 없다. 난 고집을 피우고 싶다. 집에 가야 할 사람은 당신이 아니라 나라고 말하고 싶다…….

— 제가 돌아올 때까지 이 집에서 나가면 안 돼요. 당신이 이 집에서 나가는 걸 누가 보면 안 되니까요.

그녀가 집을 나선다. 나는 복도의 창 뒤에 꼼짝 않고 서 있다. 마나즈가 대문을 넘어서 길로 들어선다. 야야는 방 문턱에서 날 기다리고 있다.

난 아무래도 거대한 다리 위에서 끊임없이 돌고 있는 도시 안에 떨어진 게 틀림없다.

지금쯤 마나즈는 우리 집 골목 어귀에 이르렀을 것이다. 그녀는 이미 빵 가게에 들러서 이렇게 물었을 것이다.

— 파라드 씨 집 좀 알려주시겠어요? 호메이라 교수의 아드님 댁이오.

그러면 '긴팔'이라는 별명을 듣는 사프다르가 빵 굽는 화덕 쪽에서 머리를 내밀겠지. 그리곤 땀방울이 송글송글 맺힌 이마를 훔치며 말하리라.

— 첫번째 보이는 골목 왼쪽으로 들어가서 두번째 집이죠. 페인트칠을 하지 않은 대문이에요.

내 이름이 들리자, 사프다르의 동생은 나를 볼 적마다 늘 그랬듯이 이번에도 반죽하는 손길을 멈추겠지. 그리고 곧 그의 장난스러운 노랫소리가 매장 안에 울려 퍼질 것이다.

— 오늘 밤엔 비수툰 산에서 파라드의 곡괭이 소리가 들리지 않네! 파라드는 오늘 밤 시린의 꿈속으로 떠났다네.*

마나즈는 이제 우리 집 문 앞에 당도했을 것이다. 그녀는 망설이지 않고 초인종을 누른다. 하지만 초인종 소리가 들리지 않는다. 꽤 오래전부터 카불에 전력이 공급되지 않는다는 사실을 깜빡 잊은 것이다. 잠시 머뭇거리던 그녀가 줄을 잡아당긴다. 곧이어 문 뒤에서 파르바나의 목소리――혹은 파리드의 목소리――가 들린다.

— 누구세요?

마나즈는 자신을 어떻게 소개할까?

— 파라드 씨가 보내서 왔어요.

망설이는 동안 잠시 침묵이 흐르겠지. 그런 뒤 파르바나――혹은 파리드――가 문을 반쯤 열 거야. 그리고 당황한 얼굴빛으로 서 있는 마나즈를 훑어보겠지.

기운 잃은 어머니의 낙심한 목소리도 뜰을 메울 것이다.

---

* 시린에 대한 사랑을 증명하기 위해, 조각가 파라드는 험준한 비수툰 산을 가로지르는 도로를 내야 했다. 파라드는 밤낮으로 일을 하여, 마침내 이 시험을 성공적으로 수행한다. 하지만 시린을 사랑하여 질투심에 사로잡힌 호스로우 왕은 전국에 시린의 죽음을 알리라는 명령을 내린다. 그리하여 이 소식을 들은 파라드는 비수툰 산정에서 몸을 던지고 만다. 111페이지 주석 참고.

— 누가 오셨니?

파르바나——혹은 파리드——가 문을 닫는다. 아니, 문을 닫
을 이유가 없지. 아마 그들은 당황한 얼굴빛의 마나즈에게서 눈
길을 거두지 않은 채 어머니에게 답할 것이다.

— 파라드가 보내서 왔다고 하네요.

그러면 어머니가 급히 뛰어 나오겠지. 만약 뜰의 야트막한 구
덩이에 발이 빠져 잠시 비틀거린다 해도, 어머니는 그 구덩이를
메우지 않은 것에 대해 불평하는 걸 처음으로 잊게 될 것이다!
두려움에 휩싸인 어머니의 얼굴이 반쯤 열린 대문 사이로 나타
나겠지. 우선 어머니는 마나즈를 머리끝부터 발끝까지 샅샅이
살펴볼 것이다. 그리곤 다급히 묻겠지. "우리 아이한테 무슨 좋
지 않은 일이라도 생겼나요?"

— 저는 마나즈라고 합니다. 파라드 씨가 보내서 왔어요.

마나즈? 이 여자는 대체 누구지? 왜 파라드는 이 여자에 대해
한번도 말한 적이 없었을까? 어머니는 마나즈의 키를 가늠해
본다. 작은 키가 아니다. 느낌으로 보건대, 이 여자는 거짓말을
하고 있지 않다. 우선 그녀는 사람의 눈길을 피하지 않는다. 오
히려 똑바로 응시하는 그 시선은 단호하기까지 하다. 어머니는
문을 활짝 열어 마나즈를 안으로 들어오게 한다. 그리고 문을
닫기 전 어머니의 불안한 시선이 이쪽 끝에서 저쪽 끝까지 골
목을 재빨리 훑는다. 어머니는 그렇게 대문을 닫고서, 밤새 한

숨도 자지 못해 퀭하니 들어간 눈을 마나즈의 눈동자 속에 담는다. 마나즈는 그 두려움에 찬 시선 속에서 근심을 읽겠지. 그녀는 내가 아무 탈 없이 건강하고 안전하며, 자기 집에 숨어 있다는 말로 어머니를 안심시킨다. 왜 이 여자의 집에 있는 걸까? 둘은 어떤 관계일까? 마나즈는 얼굴에 흘러내린 머리카락을 두 손가락으로 집어올려 귀 뒤로 넘긴다. 그리고는 어젯밤에 일어난 사건의 전말을 이야기한다.

어머니의 굵은 손마디가 얼굴에 나 있는 두 개의 괄호 위에 올려진다. 이제 어머니는 어떻게 해야 할까? 어떻게 그 집에서 나를 나오게 할까? 누구에게 도움을 청해야 할까? 지금은 세력가가 된 사촌에게 가야 할까?

아니, 그건 말도 안 되는 소리다! 다른 남자와 결혼한 처지에, 어떻게 첫사랑이었던 남자에게 도움을 청할 수 있단 말인가? 아버지는 빛나는 장교 제복의 그를 볼 때마다 피가 거꾸로 솟는 것 같았다. 너무 화가 나서, 결국 "하피줄라 아민의 어미와 누이에게 붙어먹어라!" 욕을 하고야 마는 것이다. 물론 그런 말은 격렬한 정치적 토론을 불러일으켰고, 어머니의 옛 연인은 꼭 그런 말싸움 끝에 화가 나서 자리를 뜨곤 하였다. 그러면 아버지는 승리감에 도취되었다. 아버지가 새로운 여자를 맞이하였을 때, 그래서 그녀와 함께 파키스탄으로 떠나 버렸을 때, 어머니의 사촌은 탐욕스러운 손과 입과 시선을 던지며 우리 집에 왔었다. 어머니는 그의 얼굴에 침을 뱉고, 대문 밖으로 내쫓았다.

어머니는 어떻게 할까?

어머니는 우선 마나즈를 우리 집의 메만카나*로 맞아들인다.
그리고 그녀를 잠시 그곳에 홀로 남겨둔 채 서둘러 옷을 갈아
입고 외출할 채비를 한다.
어머니는 이곳에서 나를 빼내려고 마나즈와 함께 올 것이다.

— 아버지, 이것 봐요. 아버지를 위해 그린 거예요.
크레용을 쥔 야야의 작은 손이 검은 종이 위에서 움직인다.
— 뭘 그리는 건데?
— 밤나비요.
— 나비가 어디 있는데?
— 볼 수 없어요. 캄캄한 밤이잖아요.

---

* 문자적으로는 손님들과 식사하는 방. 식사를 하는 조촐한 공동의 방 외에도,
일반적으로 아프간 식의 집은 잔치와 의식을 거행하기 위한 좀더 형식적인 방의 모
습을 갖추고 있다.

누군가 문을 두드린다. 아마 어머니와 함께 돌아온 마나즈일 것이다. 아니다. 그녀가 왜 문을 두드리겠는가?

보이지 않는 무수한 나비들로 가득 찬 깊은 밤으로부터 야야가 고개를 든다. 문 두드리는 소리가 더욱 커진다. 누구지? 수색대? 야야의 삼촌이 내뱉는 신음 소리가 복도를 메우고 있다. 야야는 밤의 어둠 때문에 보이지 않는 나비를 버려둔 채 복도로 달려 나간다. 내가 아이를 붙잡는다. 문 두드리는 소리가 점점 더 커져 간다. 야야의 삼촌은 방 한가운데서 앙상한 가슴 양편에 두 팔을 활처럼 벌리고 구부정히 서 있다. 신음 소리가 점차 거칠어진다. 그를 구덩이 속으로 데리고 들어가야 할까? 나는 그의 손을 잡는다. 손이 떨리고 있다. 나 역시 떨린다. 문 두

드리는 소리가 계속해서 뜰 안에 울려 퍼진다. 손을 잡은 우리
는 복도 끝에 이른다. 야야의 삼촌은 여전히 신음한다.

― 모헵 삼촌, 무서워하지 마. 아무 일도 없을 거야, 괜찮아!

그러나 모헵 삼촌은 진정되지 않는다. 야야가 삼촌의 다른 한
손을 잡고 말한다.

― 모헵 삼촌, 아버지가 우리와 함께 있잖아. 무서워하지 마!

모헵이 더욱 크게 신음성을 발한다. 나는 그의 손을 놓는다.
누군가 그치지 않고 문을 두드린다.

― 삼촌, 엄마일 거야. 엄마가 열쇠를 잃어버렸나봐. 내가 가
서 열어줄게.

모헵의 신음성이 조용히 가라앉는다. 그러나 그의 흐릿한 시
선은 모호함 속에서 여전히 길을 잃은 채 헤매고 있다. 야야가
그를 다시 방으로 데리고 들어가 매트 위에 앉힌다. 우리는 그
를 그렇게 홀로 남겨둔 채 복도로 돌아온다.

문 두드리는 소리가 그쳤다. 누구인지 알 수 없으나, 아무튼
문을 두드리던 이는 가버렸다.

― 아마 할머니였을 거야…….

야야가 별안간 대문 쪽으로 달려 나가려 한다.

― 안 돼, 야야! 엄마가 누구라도 문을 열어주어선 안 된다고
했잖아!

― 할머니한테도?

— 아마 할머니가 아닐 거야.

어리둥절해진 야야가 삼촌 곁으로 돌아온다. 나도 방에 있는 내 자리로 돌아간다.

밤 빛깔의 종이 위, 나비는 여전히 보이지 않는다. 나는 야야의 필통 속에서 하얀 분필 조각을 찾아내어 그것으로 나비를 그린다.

왜 난 어떻게든 나비를 보아야만 하는 걸까?

밤의 옷감 위에 또 하나의 나비를 그려넣는다.

휴교령이 내린 대학. 버스에서 내려, 학교 정문에서 날 기다리고 있던 에나야를 만났다. 그가 술 한잔을 사겠다고 했다. 그리하여 우리는 사이드 자말루딘*의 무덤으로 갔다. 몇 쌍의 연인들이 나뭇가지들 뒤로 몸을 숨기고 있었다. 대리석 무덤 아래 앉아 우리는 포도주를 마셨고, 서로의 이야기들을 털어놓았다.

그 잠시 후, 에나야의 누이가 눈물을 흘리며 뛰어와 동생이 감옥에서 자살하였음을 알렸다. 에나야는 포도주 병을 사이드

---

* 1837년 아프가니스탄에서 태어난 사이드 자말루딘은, 반식민지와 반독재 운동을 일으켜 동양의 르네상스를 일구어 낸 선구자들 가운데 한 사람이다. 그는 이슬람 국가들의 연합이 영국의 식민 정책에서 벗어날 수 있는 유일한 해결책이라고 보았다.

자말루딘의 무덤에 내리쳐 깨트려 버리고는 집으로 돌아갔다. 나는 학교로 갔다.

혁명 기념일이 있기 이틀 전, 군인들은 카불의 모든 거주민들에게 대문을 붉은색으로 페인트칠하든지, 아니면 붉은색 깃발을 내걸라는 명령을 내렸다. 에나야의 동생과 친구들은 나카스의 도살장으로 가서 하얀 깃발들을 양의 피로 물들여 사람들에게 팔았다. 그런데 진홍의 핏빛나는 붉은색이 그만 축제 당일에는 검은색으로 변하고 말았고, 에나야의 동생과 무리들은 체포되었던 것이다.

나는 계단강의실로 슬그머니 들어갔다. 군부는 커다란 흑판 위에 붉은 플래카드를 걸어 놓았고, 그 위에는 하얀 글씨로 저 유명한 슬로건이 적혀 있었다.
"내가 일어서지 않으면,
네가 일어서지 않으면,
그가 일어서지 않으면,
누가 이 암흑 속에서 소망의 불꽃을 튈 수 있으랴?"

자살하지 않았다면, 에나야의 동생도 아마 야야의 삼촌처럼
되었을지 모를 일이다. 젊음이 없는 남자, 빠져 나가 버린 영혼,
두 팔로 만든 괄호 속에서 좌절한 육체. 난 그들이 겪은 일들을
경험하고 싶지 않다! 싫다! 난 어머니의 가슴에 바싹 마른 입술
을 대고 피를 빨아먹는 일 같은 건 하고 싶지 않다. 금요일마다
에나야의 어머니처럼 나의 어머니가 유해도 없는 무덤에 가서
눈물을 흘리는 걸 원치 않는다……. 난 살고 싶다!

— 엄마가 돌아왔어요!

야야가 복도로 뛰어간다. 문이 열리자마자 마나즈와 내 어머
니의 향기가 뜰을 가득 채운다. 나 역시 복도로 달려 나간다. 웬
부인이 마나즈의 뒤를 따라 뜰 안으로 들어선다. 어머니가 아

니다. 마나즈가 문을 반쯤만 닫는다. 그리고는 노부인에게서 한 시라도 빨리 놓여나고 싶은 듯, 움직임 없이 가만히 대문 곁에 서 있다.

— 할머니다!

야야가 뜰로 나가서 할머니에게 뛰어갈 참이다. 내가 아이를 붙잡는다.

— 야야, 할머니께서 날 보시면 안 돼!

'왜'라는 의문으로 가득 찬 아이의 눈이 날 뚫어지게 바라본다. 내 침묵이 마침내 아이의 의문과 그 작은 머리를 굴복시키고 만다.

— 언젠가 할머니께서, 네 아버지는 폴레샤르키에서 죽었다고 하였어요……. 아버지가 이렇게 살아 있다는 걸 알면 다시는 그런 말하지 않을 텐데.

— 아냐, 야야, 난 실은…….

안 돼, 이 아이에게 진실을 말할 순 없다.

— 꿈속에서 아버지가 날 보러 온다는 것과, 언젠가는 아버지를 꼭 붙들고야 말겠다고 할머니에게 말했어요. 그랬더니 마구 비웃었어요. 날 꾸짖기까지 했는걸요……. 그러니까 할머니께서 아버지를 보면…….

— 내가 직접 이야기할게. 지금은 그냥 삼촌한테 가 있거라.

아이는 마지못해 모헵의 방으로 향한다. 노부인은 거의 테라스 높이에까지 와 있다. 난 발꿈치를 들고 살금살금 방으로 온다. 시어머니의 목소리가 창을 넘어 방에까지 들려온다.

— 넌 네가 하고 싶은 대로 하면서 살려무나. 하지만 야야는 데려가야겠다. 내 손자를 정신 나간 여자에게 맡겨둘 순 없지! 암, 절대로 없고말고!

나는 커튼 자락 사이로 뜰에다 시선을 둔다. 마나즈는 꼼짝 않고 서 있다, 여전히 반쯤 열려 있는 대문 곁에. 얼굴은 잔뜩 찌푸려져 있고, 시선은 어둡다. 소리가 들리지는 않았지만, 그녀가 무슨 말을 하는지 어렵지 않게 읽어낼 수 있었다. 그녀는 단어를 하나씩 하나씩 꺼내 문질러 닦아서 내놓듯 천천히 말한다. 시어머니가 계단에 걸터앉는다. 노부인의 성난 목소리가 다시금 뜰 안에 쩌렁쩌렁 울린다.

— …우리 가족이 아직은 명예를 저버리지 않았다는 걸 너도 곧 알게 될 게다!

마나즈가 무어라 말하면서, 집게손가락으로 열린 문을 가리킨다. 당황한 시어머니는 아무 말 없이 늙은 뼈를 일으켜 세우곤, 하얀 스카프를 고쳐 매면서 문 쪽으로 간다.

노부인의 목소리가 그 아들의 것이었던 황량한 뜰 안에 떨리며 울려 퍼진다.

— 넌 조금도 요동치 않는구나! 내 아들의 집에서 감히 날 쫓

아내다니! 후회할……

구부정한 실루엣과 그녀의 말들이 길바닥 위를 떠돈다. 마나즈는 주저하지 않고 곧장 문을 닫고서 안으로 들어온다. 난 복도로 달려 나간다. 야야도 달려 나온다.

아이가 엄마를 맞아들이려고 복도의 문을 연다. 야야처럼 나도 그녀의 품에 달려들어 안기고 싶다. 그녀의 팔에서 우리 어머니의 냄새가 풍긴다. 가슴이 뛴다. 손이 떨린다. 내 혀가 움직인다.

— 무사히 다녀온 건가요?!

마나즈는 발 깔개를 탁탁 소리내어 밟으며 흙을 털고서 신발을 벗는다. 이번엔 얼굴 위로 흘러내린 머리카락을 쓸어올리지 않는다. 그녀의 애처로운 눈길이 발을 구르고 있는 아이의 작은 머리를 부드럽게 감싼다.

그녀는 왜 내 시선을 피하는 걸까?

— 당신 집에 갔었어요. 모두들 잘 지내더군요. 어머니를 만나 자초지종을 다 이야기했어요. 당신이 집으로 돌아가지 않은 게 천만다행이었지 뭐예요. 오늘 아침 기도 시간에 군인들이 들이닥쳐 집을 샅샅이 뒤졌대요. 유인물을 찾으려고 그랬다는군요. 엊저녁에 당신이 친구와 유인물을 뿌렸다고 하더래요.

— 거짓말입니다. 믿지 마세요……

— 알아요.

— 어머니는 안녕하시던가요?

— 모두들 잘 있어요. 물론 불안해하죠.

— 어머닌 왜 당신과 함께 오시지 않은 거죠?

— 어머니께서는 오고 싶어하셨지만 제가 만류했어요……

왜? 나는 속으로 묻는다. 마나즈가 야야를 자기 방으로 보낸다. 그녀가 나의 궁금증에 답을 해준다.

— 당신 집은 감시를 받고 있을 게 틀림없어요. 어머니께서 오시면 위험해질 수 있지요. 어머니께서는 가능한 빨리 당신을 카불에서 내보낼 수 있는 방법을 찾아보겠다고 하시더군요. 오늘 오후에 오시기로 하셨어요. 어머니께 이곳 주소를 알려 드렸거든요.

머리카락 속에 여전히 가려져 있는 그녀의 시선이 줄곧 내 시선을 피하고 있다.

뭔가 내게 감추는 것이라도 있는 걸까?

그녀가 자리를 피한다. 내 시선의 무게를 피하고, 그 무게에서 벗어나려고 자기 방의 고독 속으로 도망친다.

순식간에 복도에서 어머니의 냄새가 사라진다.

이렇게 있어선 안 돼, 이곳에 있어선 안 돼.

내가 이곳에 있지 않았다면, 마나즈는 아마도 실컷 울었을 것이다. 자신의 슬픔을 마음껏 표출하였을 것이다. 하지만 그녀는 눈물과 분노를 안으로 삼켰고, 저 목구멍 깊숙이에 응어리 하나가 맺혔다. 그녀는 그것을 홀로 풀기 위해 나에게서 달아나려는 것이다.

우는 걸 단 한번밖에 본 적이 없는 나의 어머니를 닮았다. 어머니가 우신 건 그때가 처음이자 마지막이었다. 그것은 아버지가 두번째 여자를 얻기로 결심하였을 때였다. 그날 어머니는 외삼촌 집으로 갔다. 아버지와 매우 가까이 지내셨던 외삼촌은 그 이야기를 들으며 웃기 시작했고, 잘한 일이라고 말하였다. 그러나 어머니는 흐느껴 울었다. 외할아버지께서는 작은 부적 하나를 건네셨다. 다몰라 사이드 무스타파가 만들어 준 것이라 했다. 그날부터 어머니는 분노가 치밀 때마다 얼른 치아 사이에 그 부적을 넣고서 힘껏 깨물곤 하였다. 그렇게 해서 얼굴의 괄호 속에 굳어진, 쓰라림으로 가득 찬 어머니의 입이 침묵하기에 이르렀다. 두려움은 그 시선에서 점차 사라져 갔으나, 대신 어머니는 주방과 화장실에 틀어박혀 집안일에 몰두했다. 때때로 깨끗이 세탁된 옷들을 다시 빨고, 깨끗이 세척된 식기들을 다시 씻는 일도 있었다. 그렇게 빨래며 설거지를 하고 나서 정성스레 손을 씻고, 몸을 씻었다. 그런 다음엔 언제나 짧은 기도를 올렸다.

나는 어머니가 그 육체와 존재로부터 무엇을 그토록 씻어내고 싶어했던 것인지 결코 이해할 수 없었다. 분노였을까? 아니면 증오심? 자존심? 그것도 아니면 어떤 모욕감이었을까?

지구상의 모든 물은 자신의 눈에서 솟아났노라고 말하곤 했던 어머니였다!

― 아버지, 포도 드세요!
야야가 소리 없이 내 곁에 와서 무릎을 꿇는다. 손에 포도송이가 들려 있다. 난 매트에서 몸을 일으켜 앉는다.

— 엄마는 어디에 있지?

— 주방에요.

포도 한 알을 따서 입에 넣는다. 야야는 내 손이 닿을 만한 곳에서 포도를 들고 있다.

마나즈가 나에 관한 말을 하였기에 시어머니가 그처럼 화를 내면서 불명예 운운하였던 것일까?

나는 일어난다.

명예, 얼마나 역겨운 단어인가!

마나즈가 보고 싶다. 왜 그녀는 나로 인한 모욕을 감수하기로 한 것일까? 왜 그녀는 그러한 희생을 하면서까지 날 구해 주려는 것일까?

게다가 과연 그녀가 날 구해 주긴 할 것인가? 이 모든 게 하나의 함정일 수도 있다. 그렇다면 그녀는 내게서 무얼 원하는 걸까? 여기에 날 가둬 두려는 걸까? 자기 집에 낯선 이를 숨겨 둔다고? 무엇 때문에? 날 숨겨두었다가 밤낮없이 사랑을 나누려고? 더군다나 이 여인은 자기 동생과도 사랑을 나눈다. 동생의 입에 자기 유방을 물리는 여인…….

안 돼. 난 더 이상 머물러 있을 수 없어. 나는 일어나서 복도로 간다. 야야가 손에 포도송이를 들고서 당황스러워하는 내 모습을 눈으로 좇는다.

왜 나는 마나즈를 이런 식으로 생각하는 거지? 왜 나는 한 여자가 아무런 계산 없이 순수한 마음으로 낯선 이를 도울 수 있다는 사실을 받아들일 수 없는 거지? 마나즈는 남편을 구할 수 없었기에, 그래서 어쩌면 남편의 복수라도 하듯 날 돕고 싶은 건지도 모른다. 내 생명을 구해 줌으로써 그녀가 찾으려는 건, 어쩌면 인간으로서의 존엄성일 수도 있다.

난 매트로 다시 돌아온다.

마나즈 때문에, 그리고 그녀에게서 느껴지는 신비 때문에 난 밤새도록 어머니를 우리 집의 네 벽 속에서 불안에 떨게 만들었다. 파르바나를 자기 방의 창 뒤에서 한없이 기다리게 만들었으며, 문 손잡이에 얹혀진 파리드의 손을 낙심케 만들었다.

나는 야야의 손에서 포도송이를 집어든다.

마나즈의 신비는 그녀가 귀 뒤로 넘기기 위해 얼굴에서부터 쓸어올리는 머리카락 속에 있었다.

　나는 매트 위의 움직이지 않는 꽃에다 내 온몸을 맡기고 눕는다.

　이제껏 나는 단 한순간도 어머니와 파르바나 이외의 여인에게서 이처럼 친밀한 감정을 느껴 본 적이 없다. 여인의 삶을 이처럼 가까이에서 본 적도 없다. 어떤 여인도 이처럼 내 생각의 한중심에, 내 존재의 한중심에 길을 열고 들어온 적이 결코 한 번도 없었다. 나는 밤의 공간 속에서 삶의 긴 순간들을 한 여인과 함께 나눴다. 마치 본질적인 어떤 것이 우리 둘 사이를 맺어 준 것처럼. 이 여인은 내게 자신의 지붕을 제공해 주었다. 내 생명은 그녀의 손안에 있으며, 그녀에게 속해 있다.

　야야가 내 손에서 포도를 따먹는다.

— 마나즈, 왜 나를 돕는 겁니까?

이렇게 묻는다면, 그녀는 분명 어깨를 으쓱일 것이다. 그리고 아무런 대답도 하지 않을 것이다. 아마 그녀의 시선은 이런 말로 채워지리라.

— 그런 바보 같은 질문이 어디 있어요! 원치 않는다면, 지금 당장이라도 나가세요! 신께서 당신을 보호해 주시길 빌어요!

— 화내지 마세요. 난 단지 내가 처한 지금의 상황을 조금이라도 더 잘 이해하기 위해서 묻는 겁니다. 그리고 당신을 보다 잘 이해하기 위해서이기도 하지요…….

— 그리고요?

— 당신의 시선과 말 속에서, 내 어머니의 얼굴에서 볼 수 있

는 그러한 신비가 느껴져요……. 그 신비는 내가 한번도…….

그녀는 두 손가락으로 얼굴의 반을 가리고 있는 머리카락을 쓸어올릴 것이다. 그러면서 날 바라보며 웃기 시작할 것이다. 날 비웃겠지! 틀림없이 내가 자기를 유혹하려 든다고 생각할 거야, 틀림없어……. 내가 한 여인의 정직한 도움을 믿지 못한다 생각할 것이고, 또…….

— 혼자 있게 해서 미안해요, 파라드!

갑작스러운 그녀의 목소리가 절망에 젖어 있는 내 몸을 깨운다. 난 급히 매트에서 일어나 앉는다. 그리고 다시 일어선다. 그 알을 다 따먹은 앙상한 송이 줄거리가 혼란스러운 내 생각을 따라 이쪽 손에서 저쪽 손으로, 저쪽 손에서 이쪽 손으로 끊임없이 옮겨진다. 마나즈가 꽤 오랫동안 저렇게 문턱에 서 있었던 것처럼 느껴진다. 그리고 내 머릿속에 떠올랐던 말없는 우리의 대화를 그녀가 고스란히 읽어 버린 느낌이다. 내 뺨 위로 불덩어리 같은 수치심이 화끈거리며 올라온다.

— 점심 준비를 해야 하거든요.

내가 그녀에게 다가간다. 그러나 걸음이 양탄자 위에서 비틀거리고, 많은 단어들이 머릿속에서 이리저리 헤맨다.

— 우리 어머니는…… 신경 쓰지 마세요……. 곧…… 어머니가 오실 거예요…….

— 어차피 우리 식구들을 위해서라도 먹을 걸 마련해 두어야

지요.

그녀의 시선이 줄곧 내 두 손 사이를 왔다갔다하는 앙상한 송이 줄거리에 꽂혀 있다. 나는 그녀에게 좀더 가까이 다가간다. 심장이 점점 더 세게 뛴다.

— 당신에게 너무도 많은 걱정을 끼쳤습니다……. 내가 바라는 건…… 야야 할머니께서…….

그녀가 쓴웃음을 짓는다.

— 그런 걱정일랑 마세요.

그녀의 시선이 송이 줄거리를 떠나 복도 안을 살핀다. 야야는 이곳에 없다.

— 어젯밤에 말씀드린 대로 남편은 감옥에서 죽었어요.

나는 속으로 되뇐다. '그 영혼에 평화 있기를!'

— 지금 시댁에서는 제가 시동생과 함께 살길 바라지요……. 하지만 제가 고집을 부리고 있어서……. 아직 과부가 아니라고 말이에요. 일단은 아무도 남편의 주검을 본 사람이 없으니까요. 감옥에서는 죽은 이의 이름도 확인하지 않고 그냥 구덩이에 내다 버리거든요…….

오한이 내 몸을 관통한다. 존재의 깊은 곳에서부터 시작된 떨림. 이것은 공포일까? 증오일까? 분노? 아니면 내가 마나즈에 대해서 갖고 있는 감정일까? 내 시선이 그녀의 두 발에 빠져들고 만다!

— 시댁 식구들 모두는 파키스탄으로 도망치려고 해요……. 하지만 난 떠나고 싶지 않아요…….

마나즈의 섬세한 발들이 양탄자의 검은 선 안에 갇혀 있다. 끝도 시작도 없는 선들. 끝없이 얽혀 있는 선들. 그 선들이 팔각형을 만들어 내고, 그 팔각형들이 다시 사각형을 만들고, 사각형들 안에 다시 또 수없이 작은 동그라미들이 생겨나고…….

나의 떨리는 두 다리가, 내 얼굴이 지금 어떨지 상상하게 만든다. 머리카락으로 반쯤 가려진 그녀의 얼굴을 향하려다가, 양탄자의 검은 문양들 안에서 헤매고 있는 내 얼굴을. 그녀는 마치 내게 하지 못한 질문에 대한 답을 기다리고 있는 것처럼 보인다.

냄비에서 나는 소리가 생각에 잠긴 마나즈의 실루엣을 주방으로 불러들인다.
내가 듣지 못한 질문과 함께 나는 홀로 남겨진다.

어떻게 무어라고 한마디도 해줄 수가 없었던 것일까? 그녀의
이야기 앞에서, 그녀의 슬픔 앞에서 어떻게 아무런 말도 해줄
수가 없었던 것일까? 그녀는 그 삶의 내밀한 고통을 어쩌면 처
음으로 누군가에게 털어놓았을 것이다. 그런데도 난 양탄자의
검붉은 문양에 홀리어 얼빠진 얼굴로 서 있기만 하였으니⋯⋯.
마나즈는 날 그 슬픔 속으로 끌어들이고 싶어하지 않았다. 모
든 여인들처럼, 또 어머니처럼, 그녀는 그저 사람들이 자신을
이해해 주기만을 바랐고, 그저 그녀의 고통을 헤아려 주기만 바
랐을 뿐이다. 그녀는 봉인된 귀와 혀와 심장을 가진 제2의 모
헵이 필요한 게 아니었다!

창 아래의 매트로 돌아온다. 스러져 형체를 알 수 없는 양초의 그것을 한참 바라보다가, 양탄자 위에 해가 비치도록 커튼을 조금 젖혀 본다. 나의 조바심으로 가득 찬 뜰은 언제쯤 어머니가 도착할지를 지켜보고 있다.

나는 피곤이 매트의 꽃들 위를 혼곤히 흐르도록 내버려둔다.

태양빛 속에서는 양탄자의 검은 선들이 더욱 검게 보이고, 붉은 바탕은 더욱 붉게 보인다. 나는 이 양탄자에 얼마나 깊은 증오와 분노가 스며 있는지 처음으로 이해할 수 있을 것 같다! 붉은 표면 위의 검은 문양들! 마치 분노의 붉은 실과 증오의 검은 실을 섞어 짠 것 같다. 여인의 손들, 아이들의 손들……
양탄자를 보기가 싫다!
나는 사각형들 안의 검은 동그라미들에서 눈을 뗀다. 그리고 매트의 꽃들 위로 쓰러진다.

거미 한 마리가 천장의 전등 주위에 촘촘한 그물천을 짜놓았다.

내 얼굴을 그녀의 두 손에 묻는다. 그녀의 손은 차갑고 떨리지만, 그러나 얼마나 자비로운가!

어머니. 한 시간 전에 어머니가 도착했다. 세탁부처럼 차도르 차림으로, 아무도 모르게 살며시. 어머니는 자신의 불안과 두려움을 보여주고 싶어하지 않는다.

처음엔 어머니를 알아보지 못했다. 초인종 소리가 들렸다. 조금 열린 커튼 사이로, 차도르를 착용한 한 여인이 커다란 양탄자를 짊어진 늙은 짐꾼을 데리고 들어오는 게 보였다. 두 사람은 마나즈와 함께 방으로 들어왔다. 짐꾼은 방 한구석에 양탄자를 내려놓고 나갔다. 마나즈가 다시 방문을 닫자, 어머니와 나만이 남게 되었다. 어머니는 차도르를 벗은 후, 피곤에 전 눈길로 우선 내 몸부터 살폈다. 불안이 파먹어 버린 어머니의 얼굴에 미소가 번졌다. 그러나 괄호로 싸인 어머니의 입은 열리지 않았다. 어머니는 아무 말도 하지 않았다. 나? 나는 떨었다. 존재의 가장 깊숙한 곳에서부터 시작된 떨림은 온몸으로 퍼져 나갔다. 어머니의 두 손바닥 안에서 떨기만 했다. 아무 말도 하지 않았다.

우린 말없이 그곳에 그렇게 있었다. 어머니의 두 손에 얼굴을 묻은 채. 어머니의 가슴속에서 타오르고 있는 거센 숨결이 내 안에 밀려든다. 나는 눈을 뜰 수가 없다. 그 눈물로 가득 찬 시든 젖가슴을 꺼내어 바짝 마른 내 입술에 갖다댈 것만 같아서.

불안한 어머니의 손이 내 관자놀이의 상처를 쓰다듬는다.
— 오늘 세 시쯤, 널 도와 국경선을 넘게 해줄 안내인이 올 게다. 널 양탄자에 싸서, 여기서 데리고 나가 줄 게야. 그런 다음 파키스탄으로 안내해 주기로 했단다⋯⋯.
그리곤 다시 말이 없다. 나는 어머니의 손에서 얼굴을 든다.
— 하지만 어머니⋯⋯.
— 하지만 뭐?

두려움에 찬 어머니의 눈길을 마주하자, 내 모든 생각들이 단 한마디 말 위에서 잠들어 버리고 만다.

— 아무것도 아니에요.

어머니는 네 번으로 접힌 종이쪽지 하나를 내민다. 내가 그것을 편다. 약간의 돈과 아버지의 주소이다.

— 어머니, 내가 어디로 갔으면 좋겠어요?

— 어디로 갈 수 있겠니?

난 아버지의 그 참을 수 없는 오만을 종이 속에 접어넣는다.

— 어머니와 동생들은요? 파르바나와 파리드는요?

어머니의 시선이 내 시선을 슬며시 피한다. 어머니의 두 손을 부여잡는다. 어머니의 마른기침은 목구멍 속을 황급히 빠져 나오려는 젖은 흐느낌을 감추려는 것이다.

— 상황이 곧 정리될 게다.

나는 어머니의 시선을 사로잡기 위해 부여잡은 손을 흔든다. 소용없다. 어머니의 시선은 오로지 양탄자 위에서 물결칠 뿐이다. 아마 어머니 역시 이 양탄자를 짜던 손들의 증오와 분노를 처음으로 이해하였을 것이다.

— 어머니, 함께 떠나요!

일순간 쓴웃음이 어머니의 여린 실루엣을 흔들어 놓는다.

문이 열린다. 마나즈다.

— 차를 좀 가져왔어요.

마나즈가 어머니 앞에 쟁반을 내려놓고, 차 두 잔을 따른다.
어머니의 얼굴에 두 개의 괄호가 벌어진다.

— 이 은혜를 어떻게 갚아야 할지……. 여러 가지로 걱정을
끼쳐 죄송스럽기 그지없군요.

마나즈가 찻잔을 어머니에게 내민다.

— 별말씀을요. 차 드세요. 도울 수만 있다면 서로 도와야 하
는 때잖아요.

그녀가 일어나서 방을 나간다.

아무도 없는 복도를 바라보던 어머니의 시선이 이제 내 눈동
자 속에 닻을 내린다.

— 참 자비로운 여인이로구나! 네가 떠나고 나면 귀한 선물로
보답해야겠다.

어머니는 찻잔 속에 설탕 한 조각을 넣어 녹인다.

— 저 여인의 남편은 어디 있다더냐?

— 처형당했대요.

어머니가 반쯤 녹은 설탕 덩어리를 찻잔 접시에 꺼내 놓는
다. 꼭 어머니의 심장 같다.

두려움에 찬 어머니의 시선이 방을 떠나 아무도 없는 복도에

놓인 내 신발에 가서 머문다.

— 신께서 그에게 자비를 베푸시길!

어머니가 무어라고 중얼거린다. 그리고 그 떨리는 손이 복받쳐 오르는 슬픔을 억누르려는 듯 입술에 찻잔을 가져간다. 어머니는 마치 목구멍의 흐느낌을 씻어내기라도 할 것처럼 단숨에 찻잔을 비운다. 이곳이 우리 집이었다면, 어머니는 벌써 손을 씻으러 갔을 것이다. 그리고 깨끗한 그릇들을 다시 씻거나, 아니면 파르바나의 순백의 베일을 다시 한 번 빨았을 것이다.

야야가 문턱에서 고개를 내밀고 우리를 살핀다.

— 야야, 이리 오렴!

부르는 소리에 야야가 얼른 방으로 들어온다. 하지만 엄마의 목소리에 다시 복도로 나가고, 다시 모헵의 방으로 들어간다.

— 그녀의 아이냐?

— 네.

어머니의 고통에 찬 시선이 복도 안에서 그녀의 모습을 찾는다. 나는 야야가 날 아버지라고 부른다는 말을 하지 않았다.

— 어머니, 월경 안내인은 어떻게 찾으셨어요?

대답을 하는 동안에도 어머니의 시선은 줄곧 복도에 머물러 있다.

— 네 외삼촌이 구해 주셨단다.

— 돈은 얼마나 달래요?

— 양탄자로 지불하기로 했다. 그게 우리가 찾을 수 있는 유일한 방법이란다.

— 어머니…….

어머니는 쟁반 위에 빈 찻잔을 내려놓는다. 한숨 한 모금을 내쉬면서.

어머니의 시선이 내 머릿속에 있는 말들을 흐트러뜨린다. 매트 위에 놓인 푸른 치마를 집어들고 어머니가 일어선다.

— 떠나야겠구나. 세탁부에게서 차도르를 빌렸는데, 아마 기다리고 있을 게다.

— 안 돼요, 어머니. 어머니와 동생들을 두고 떠날 순 없어요.

— 먼저 떠나렴. 그러면 집이 팔리는 대로 곧 파르바나와 파리드를 데리고 네가 있는 곳으로 갈 테니까.

차도르의 주름들 속에서 헤매는 어머니의 시선에서 난 불안을 읽는다.

어머니는 방 한구석에서 차도르를 걸친다.

— 이젠 차도르 입는 법까지 잊었구나!

어머니가 웃는다. 쓴웃음이다. 나를 전율케 하는 웃음이다. 어머니가 머리에 차도르의 베일을 쓴다. 그 입 양쪽에 있는 두 개의 괄호가 떨리기 시작한다.

　— 어머니, 함께 가고 싶어요.

　어머니는 내 말을 듣지 않는다.

　— 어머니, 떠나기 전에 파리드와 파르바나를 한번만이라도
보고 싶어요…….

　어머니는 차도르에서 비통한 두 손을 꺼내 내 가슴에 얹는다.
내 목소리가 목구멍 안에서 녹아 눈으로 흘러나온다. 그 눈을
어머니의 두 손바닥 안에 묻는다. 어머니의 젖은 목소리가 차도
르의 베일을 타고 흐른다.

　— 신께서 널 지켜 주시길…….

　왜 뒤로 한걸음 물러서는 걸까? 내게 입을 맞추지 않으려는
건가? 난 어머니의 눈을 보고 싶다. 그 흐느낌을 막고 있는 두
개의 괄호를 보고 싶다. 어머니께로 한걸음 다가간다. 너무나
무거운 한걸음! 차도르의 베일에 내 손을 얹어 보지만, 그 얼굴
위에 내려앉은 피로는 손으로 만져 볼 수가 없다. 천이 젖어 있
다. 어머니가 운다. 차도르 속에서 소리 없이 운다. 괄호 사이에
서 운다. 어머니가 세탁부 여인의 차도르를 눈물로 세탁한다.

　어머니가 다시 한걸음 뒤로 물러난다. 흔들리는 실루엣이 차
도르 속에서 돌아선다. 그리고 복도로 나가 신발을 찾는다. 나
는…… 난 마치 검붉은 양탄자의 장기판 위에서 길을 잃은 '졸'

처럼 풀이 죽어 있다. 마나즈와 야야가 모헵의 방에서 나온다. 내 다리가 움직이길 거부한다. 시선을 빼앗기고, 미소를 빼앗기고, 얼굴을 빼앗긴 내 어머니. 그 어머니가 마나즈에게 말한다.

— 신께서 당신을 도우시리라 믿습니다……. 신께서 보답해 주시길…….

어머니의 말이 베일 아래에서 사라진다. 내 발은 양탄자를 짜던 여인들과 아이들의 증오와 분노가 스며든 실들 안에 갇혀 있다. 어머니가 문틀에서 사라진다.

양탄자를 짠 실들 속에 갇혀 있는 나의 두 발.

삐걱하는 문소리가 내 가슴을 천길 낭떠러지 아래로 떨어트린다.

— 어머니…….

목소리가 가슴속에서 산산이 부서진다.

내 두 발 속에 갇힌 양탄자의 실들.

— 어머니…….

나는 양탄자 위의 한 문양이 된다.

— 아버지!

— …?!

— 아버지!

무겁게 짓누르는 불안과 의구심 속에서 눈앞에 있는 어둠이 부서진다.

옆에 있는 야야가 보이고, 양탄자 위에 있는 내 몸이 보인다.

어머니가 떠났다. 어머니는 그 마지막 시선을 차도르 속에 숨겨서 갔다.

야야가 물잔을 내민다. 나는 양탄자의 문양들 속에서 튀어나온다. 몸을 곧추세우고, 애정이 듬뿍 담긴 야야의 시선에 미소로 답한다. 그리고 고통으로 꺾인 몸을 창 아래의 매트까지 끌고 간다. 야야의 손에서 물을 받아 마신다.

— 엄마는 어디 있지?

— 주방에요.

난 일어난다. 양파 냄새가 날 주방으로 이끈다. 등을 보이고 서 있는 마나즈는 양파를 다지는 중이다. 나는 한참을 주방 문 곁에 소리 없이 서서 그녀를 관찰한다. 난 왜 여기에 온 걸까? 왜 이렇듯 몸이 떨리는 걸까?

마나즈가 나의 존재를 알아차린다. 그녀가 나를 향해 얼굴을 돌리고는 옷소매로 얼른 눈물을 훔친다. 그리고 웃는다. 그녀가 웃는 건 처음이다. 슬퍼서 우는 게 아니라, 양파 때문이라는 걸 알려주려는 듯 그렇게 웃는다. 나 역시 웃는다. 그런 내 모습은 틀림없이 우스꽝스러웠을 것이다!

마나즈가 다진 양파를 냄비 속에 넣는다. 늘 그렇듯이 양파 냄새는 내 식욕을 자극한다. 어머니의 손 냄새가 주방 가득 퍼져 있다. 빵 한 조각을 먹고 싶다. 냄비에 볶고 있는 양파도 조금 떠먹고 싶다. 나는…… 마나즈의 어깨 위에 내 한 손을 얹고, 다른 한 손으로는 그녀의 얼굴 위에 흘러내린 그 머리카락을 귀 뒤로 넘겨주고 싶다.

— 배고프죠?

— 양파 냄새가 나면 언제나 배가 고파져요!

나는 문틀에 기대서 있다. 마치 수년 전부터 이 집에서 살았던 듯한 느낌이다. 그리고 수년 전부터 마나즈를 알고 지내온 듯한 기분이 든다. 야야가 날 '아버지'라고 부른 지도 수년이 된 느낌이고, 어머니가 떠난 지도 오래인 것 같다. 이 집을 떠나고 싶어한 것도 수년이 된 듯하고, 떠나지 않고 머문 지도 수년이 된 것 같다. 마나즈에게 이렇게 물어온 지도 오래된 듯한 기분이다.

— 나와 함께 떠나지 않겠어요?

마나즈가 멈칫 양파 볶는 손을 멈춘다. 아, 심장이 방망이질하듯 뛴다. 그녀가 나를 향해 돌아서서 웃는다. 쓰라림으로 가득한 저 미소!

— 파라드 씨! 제 삶은 그렇게 단순하지가 않아요!

그녀가 다시 요리를 시작한다. 양파 볶는 냄새가 이 집을 더욱 친근한 분위기로 만들고 있다. 마나즈가 말을 잇는다.

— 제가 파키스탄으로 떠나려면, 시동생과 결혼하여야만 해요.

나는 몸을 조금 움직여 벽에 등을 기댄다. 그리고 묻는다.

— 친정은 어디 있습니까?

마나즈가 냄비에 물을 붓는다. 냄비에서 김이 모락모락 피어오르고, 그 속에서 그녀가 말한다.

— 모헵과 저만이 남았어요. 다른 사람들은 모두 독일로 떠났거든요.

그녀가 거품기로 냄비 안에 있는 양파를 휘젓는다.

— 친정과 연락하지 않고 지낸 지 꽤 오래됐어요.

그리고 잠시 숨을 참는다.

— 제가 태어났을 때…….

그녀가 냄비 뚜껑을 덮는다.

— ……저는 울지도 않고, 웃지도 않고, 소리치지도 않았대요…….

비닐봉지 안에서 닭날개 몇 개를 꺼낸다.

— ……모두들 제가 벙어리에 귀머거리인 줄 알았다지요. 그래서 갓난아이 적에 이미 저를 귀멀고 말 못하는 외사촌과 약혼을 시켰대나 봐요. 그런데 막상 자라고 보니까 귀도 멀지 않고, 벙어리도 아니었던 거예요. 그래서 모두들 화를 냈지요…….

그녀는 닭고기 조각들을 흐르는 물에 씻는다.

— ……아버지는 아주 젊었을 적에 돌아가셨어요. 저는 어머니와 그다지 사이가 좋지 않았죠. 그러다 성년이 되어 외사촌과 결혼할 시기에 이르렀을 때 집을 나오고야 말았어요. 그리

고 야야 아버지와 결혼한 거예요.

　냄비 뚜껑을 열고, 그녀가 물을 조금 붓는다.

　— 온 가족이 파키스탄으로 피신하기로 결정하던 날 밤, 어머니는 모헵을 저희 집 문 앞에 버리고 가셨지요…….

　나는 벽을 타고 죽 미끄러져 내려 주방의 시멘트 바닥에 웅크리고 앉는다. 마나즈의 이야기는 이번에도 아무런 말을 할 수 없게 만든다. 그 어떤 말도 불필요하다는 걸, 그리고 모든 제스처가 의미 없음을 다시 한 번 느낀다.

　나는 볶은 양파 냄새도 잊어버렸다. 잠깐 동안이지만 마나즈의 검은 머리카락마저도 더 이상 볼 수가 없었다. 그녀가 등을 돌리고 있었기 때문이다.

　— 뭔가, 당신을 도울 순 없을까요?

　아무 말도 하지 않으리라던 마음과 달리 난 질문을 하고 말았다. 그녀의 씁쓸한 대답.

　— 아무것도 없어요!

　아무것도 없다는 그녀의 말 속에는 꼭 알아야 할 이야기가, 곰곰이 생각해 봐야 할 이야기가 감춰져 있을 것이다.

　— 함께 이란으로 떠나는 건 어떻습니까? 그곳이라면 시댁 식구들도 없을 텐데요.

그녀는 즉각적으로 반응하지 않는다. 닭날개들을 냄비 속에 넣고는 날 쳐다보지도 않은 채 말한다.

— 파라드 씨, 제 남편의 가족은 아주 독특해요. 명예가 곧 혈통이라고 믿는 사람들이죠. 우릴 곤란하게 만들지 마세요. 전 여기서 잘 지내고 있어요. 조용히 말이에요.

그녀가 냄비 뚜껑을 닫는다.

주방 한구석에서 그녀와 사랑을 나누고 싶은 욕망이 내 심장을 두드린다.

우리는 모헵의 방에 식탁보를 깔고 둘러앉았다. 모두들 말없이 먹기만 한다. 우리의 입에는 말 대신 닭날개가 재갈처럼 물려 있다. 마치 모든 필요한 말들은 이미 다하였다는 듯이. 마치 더 이상 질문할 것도, 기다려야 할 대답도 없다는 듯이. 그러면서 모두들 월경 안내인의 손이 문을 두드리기를 기다리고 있다.

드디어 그 손이 문을 두드린다. 야야가 손에 닭고기 뼈를 들고 일어선다. 그리고 문으로 달려나간다. 작은 발소리가 뜰을 울린다. 야야가 대문에 이른다. 문을 여는가 싶더니 숨이 차서 되돌아온다.

— 어떤 아저씨가 양탄자를 사러 왔어요.

나는 화들짝 놀라서 일어난다. 가슴이 덜컥 내려앉고, 다리가 후들거린다.

— 날 여기서 데리고 나갈 안내인입니다. 하지만 떠나고 싶지 않아요!

마나즈가 일어선다. 그리고 얼굴 위에 흘러내린 머리카락을 귀 뒤로 넘기며 평온한 목소리로 말한다.

— 신발 신으세요.

나는 똑바로 그녀의 눈을 바라본다. 내 시선을 피하는 건 그녀이다. 왜일까, 나는 내 인생을 그녀의 손안에 두고 싶다. 마나즈가 방을 나간다. 모헵이 갑자기 신음하기 시작한다. 나는……운다. 가슴속 깊은 곳에 흐느낌이 있다.

마나즈가 안내인을 다른 방으로 안내한다. 내가 있던 방으로. 야야가 보드라운 손으로 내 손을 잡으며 묻는다.

— 아버지, 금방 올 거죠?

나는 손도 씻지 않은 채 방으로 들어간다. 안내인은 우리 집에서 가져온 양탄자를 방바닥에 굴려서 편다. 손님들의 목소리와 발자국 냄새들이 양탄자에서 빠져 나온다. 그사이 필페이 양탄자*의 색깔이 더욱 붉어진 것 같고, 그 위의 검은 그림은 더욱 크고 어두워진 것처럼 느껴진다.

— 자 형제, 빨리 해봅시다!

마나즈가 문 앞에 서 있다. 야야는 엄마의 초록색 치마 꽃무늬에 작은 머리를 기대고 있다. 마지못해 나는 깊이를 헤아릴 수 없는 마나즈의 눈길 아래, 양탄자 한가운데 눕는다. 그러자 안내인은 순식간에 내가 누워 있는 양탄자를 둘둘 말아 넓고 힘센 두 어깨에 메고서 방을 나선다. 그의 발자국 소리를 듣는 것만으로도 나는 벌써 뜰로 나섰음을 짐작한다. 어디로 가는 걸까? 날 어디로 데려가는 거지? 안 돼! 마나즈에게 작별 인사를 해야 해! 대문이 열린다. 안 돼!

— 마나즈!

나의 외침이 양탄자의 문양들 속으로 잦아든다. 난 양탄자에서 벗어나고 싶다, 해방되고 싶다!

— 움직이지 마시오, 형제! 우린 벌써 거리로 나왔소.

— 안 됩니다, 난 떠나고 싶지 않아요! 이것 보세요, 내 말 들립니까? 마나즈, 야야!

자동차 문이 열리는 소리가 나의 외침을 끊어 버린다. 안내인은 양탄자를 자동차 뒷자리에 내려놓는다. 다시 문이 닫힌다. 나는 발버둥친다. 양탄자의 검은 문양들로부터 벗어나고 싶다.

— 아버지! 아버지!

---

* 아프가니스탄의 특산품 양탄자들을 '필페이'라고 부르는데, 코끼리 다리라는 의미이다. 이 양탄자의 특징인 팔각형의 커다란 문양들이 코끼리 발자국을 닮았기 때문이다.

밖에서 들려오는 야야의 외침이 양탄자에서 나는 우리 집의
메만카나 냄새며 목소리들을 몰아내 버린다.

양탄자의 문양들이 거대해진 것인지, 아니면 내가 아주 작아진 것인지 알 수가 없다. 나는 양탄자의 검은 선들을 따라 계속해서 달린다. 아버지가 내 곁에 서 있다. 그는 크다. 아주 크다. 그는 내가 양탄자의 검은 선들로부터 벗어나지 못하도록, 붉은 배경 속에서 제자리걸음하지 못하도록 막고 있다. 나는 달린다. 둥그렇게 원을 그리면서 계속 달린다. 마치 미로에서 길을 잃은 것처럼. 양탄자의 검은 선들은 시작도 없고 끝도 없다. 모든 선들이 서로 맞닿아 있다. 나는 팔각형들과 사각형들을 따라 달린다. 달리면서 운다. 아버지가 울부짖는다.

— 달려! 달려! 울지 마! 이 바보 같은 녀석아!

나는 붉은 배경 속에서 제자리걸음하지 않고도, 팔각형과 사각형으로부터 달아날 수 있는 방법을 찾아내려고 애쓴다. 단 한 가지 해결책밖에는 없다. 양탄자를 뚫는 것이다. 양탄자가 내 발밑에서 닳아 구멍이 뚫릴 때까지 계속 달리는 것뿐이다. 그래서 나는 달린다. 한 바퀴를 돌 때마다 매번 나는 점점 더 작아진다. 나는 멈추지 않고 계속 달린다. 문양들은 내 눈에 단번에 들어오지 않을 정도로 점점 커진다. 나는 양탄자의 일부가 된 느낌이다. 실의 꺼칠꺼칠함이 느껴진다.

양탄자 냄새가 콧속을 가득 메운다. 어둠이 날 둘러싸고 있다. 숨이 막힌다. 움직일 수가 없다.

— 저 사람에게 움직이지 좀 말라고 해.

붕붕거리는 단조로운 자동차 소음 속에서 안내인의 목소리가 들려온다. 곧이어 여자의 목소리도 들려온다.

— 형제님, 움직이지 마세요. 검문소에 이르렀어요.

양탄자에 올라앉은 두 사람의 무게에 짓눌린 나는 가슴속엔 숨을 가두고, 가슴 밑바닥엔 불안을 가두어 둔다.

내 머리는 여전히 양탄자의 검붉은 미로 속을 떠돌고 있다.

그 시선보다 훨씬 더 무심한 굵은 뼈마디의 손이 오만함으로 잔뜩 부푼 그의 가슴 위에 얹혀 있다.

— 안녕하세요, 아버지.

안 돼. 난 그를 아버지라 부르고 싶지 않다.

— 안녕하세요.

— 그래, 잘 있었니.

그 다음엔?

— 너도 도망친 거냐? 너도?

그의 비웃음이 경멸의 독을 퍼뜨리고 있다.

— 너도 여기에 오려고 어미와 동생과 누이를 버린 거냐?

음울로 가득 찬 그의 침묵이, 그가 다른 여자와 도망칠 때 내

가 하였던 마지막 말을 떠올릴 시간을 주고 있다. 그러나 양탄
자 위의 두 육체가 흔들리는 순간, 그 말은 금세 날아가 버리고
만다. 자동차가 움직이지 않는다. 나는 아버지와 그 오만한 두
손을 새 여자 곁으로 돌려보낸다.

뒷문이 열린다. 그리고 낯선 남자의 목소리가 들린다.

— 어디로 가십니까?

— 모사이 로가르.

검문소 보초에게 답하는 안내인의 목소리다.

— 이 여자들은 누굽니까?

— 두 아내요.

양탄자를 꾹꾹 눌러 보는 총의 개머리판이 느껴진다.

— 양탄자를 어디로 가져가는 겁니까?

— 동생 결혼식에 가져가는 길이오.

딸깍 문 닫히는 소리가 나더니, 이내 자동차가 다시 움직이기
시작한다. 두 여자가 마침내 양탄자 위에서 일어난다. 내 몸은
온통 식은땀으로 젖었다. 여자들의 손이 양탄자의 양끝을 막고
있던 천조각들을 빼낸다. 나는 힘껏 숨을 들이쉰다.

땀이 양탄자 냄새를 일깨운다. 친근한 냄새다. 우리 집 메만
카나의 냄새. 파르바나는 납작한 돌로 양탄자 위에 그려진 검

은 칸막이들 위에서 사방치기를 즐겼었지. 파리드는 검은 그물 같은 선들을 따라서 성냥갑으로 만든 작은 자동차들을 달리게 했었고…… 이것은 우리 집의 단 하나밖에 없는 양탄자였다. 어머니가 외할아버지로부터 받은 결혼 선물로, 시집 올 때 가져온 것이다.

꺼칠꺼칠한 어머니의 혼수에 내 얼굴이 쓸리고 있다.

안 돼. 무슨 일이 있어도 난 아버지를 찾아가지 않으리라. 절대로 페샤와르에 머물지 않으리라. 차라리 이슬라마바드로 가자. 안 돼. 난 그 도시도 마음에 들지 않는다. 다른 곳으로 가야지. 카라치나 혹은 라호르로. 그리고 무슨 일이 있더라도 반드시 어머니와 파르바나와 파리드를 불러들일 것이다.

자동차가 멈춰 선다. 안내인이 누워 있는 나를 둘둘 말아 어깨에 걸머졌던 양탄자가 흔들린다. 자동차에서 번쩍 들려져 땅 위에 놓인 것이다. 나는 양탄자와 함께 데굴데굴 구른다. 마침내 양탄자가 열린다. 석양빛이 내 눈을 아프게 찌른다. 나는 먼저 신선한 공기와 대지의 냄새로 허파를 가득 채운다. 그리고 안내인의 도움을 받아 엉망이 된 몸을 양탄자의 검은 문양들로부터 떼어낸다. 자동차는 가시덤불로 뒤덮인 언덕길 위에 서 있다.

— 지름길로 갈 거요. 한 시간 후면 마을에 닿을 겁니다.

안내인이 웃옷 주머니에서 담뱃갑을 꺼내어 내게 내민다.

— 고맙습니다만, 피우지 않습니다.

그는 푸른빛이 도는 입술 사이에 담배를 꽂고서 불을 붙인다. 그리고 둘둘 만 양탄자 위에 책상다리를 하고 앉는다. 여전히 차도르에 가려져 얼굴을 볼 수 없는 그의 두 아내도 차에서 내려, 양탄자의 한쪽 끄트머리에 우리와 등을 지고 걸터앉는다. 나는 서 있다.

안내인의 목소리와 담배 연기가 누런빛의 작은 골짜기로 스며든다.

— 모레 새벽녘쯤 물라가 신호를 보내오면 파키스탄을 향해 출발할 거요. 신께서 허락하면 말이오. 이틀 동안 걸어야 하오. 당신은……

두 여인이 웃음을 참느라 쿡쿡거리는 소리가 그의 말을 삼켜버린다.

— 뭐 재미있는 일이라도 있는 거야?

두 여인은 말이 없다. 안내인이 다시 말을 잇는다.

— 마을에 가면 당신은 모스크[이슬람교 성원]에서 묵어야 할

거요. 되도록 다른 사람들과 말을 나누지 않는 게 좋겠소! 아, 그리고 학생증은 갖고 있소?

— 아뇨.

— 신분증은?

— 아뇨. 군인들이 가져갔어요.

— 잘됐소. 대신 당신의 신원을 증명할 만한 다른 서류는 가지고 있소?

나는 기계적으로 호주머니를 뒤진다. 어머니가 주신 2천 아프가니의 돈과 아버지의 주소가 적힌, 네 번으로 접힌 종이쪽지 외에는 아무것도 없다.

갑자기 심장이 뛰기 시작한다. 마나즈는 집 앞 도랑에서 내 서류를 찾으려 했었을까? 내 옷은? 그녀가 그것들을 간직하고 있을까?

— 형제, 무슨 생각에 정신이 팔려 있는 거요?

나는 언덕길로, 땅바닥에 놓인 양탄자로 다시 돌아온다. 양탄자의 한쪽 귀퉁이에는 검은 모피를 입은 안내인이, 다른 한쪽에는 푸른색과 황토색 차도르를 입은 두 여인이 앉아 있다.

— 죄송합니다, 뭐라고 하셨죠?

— 기도할 줄 아시오?

— 대강 기억은 하는데요…….

— 어떤 때는 젊은 신도들이 모스크에 모여서 밤을 지새우기

도 한다오. 그들은 카불 출신들에 대해서 특히 의심을 많이 하는 것 같습니다. 그래서 갖가지 질문을 던진다고 들었소. 그러니 무슨 일이 있어도 침착해야 한다는 걸 잊지 마오. 정치 토론에는 절대로 끼어들면 안 되니, 이 또한 명심하오. 그리고 대학생이라는 것도 말하지 말아요. 초등학교까지만 나왔고, 그후엔 계속 돈벌이를 했노라고 말하는 게 좋겠소.

마나즈는 이미 내 옷들을 빨아 버렸을까? 그녀는 그것들을 모헴에게 입힐까? 아니다.

— 파키스탄엔 누가 있소?
— 아뇨.
그가 입을 다문다. 숱 많은 짙은 눈썹 속에 숨은 작은 두 눈이 기울어 가는 태양빛 속에서 춤추고 있는 담배 연기를 가만히 바라본다.
— 조금이라도 아는 이의 주소 하나 없단 말이오?
— 그게 중요한가요?
— 아무렴, 누가 당신에게 물어오면 아내와 아이들을 이미 그곳에 보냈다고 해요. 그리고 이제 그들과 합류하러 가는 길이라고 말하는 겁니다.
— 실은 아버지가 파키스탄에 있습니다.

― 아니, 그런데 왜 아무도 없다고 했소?

― 아버지 집에는 가고 싶지 않거든요.

― 그거야 당신이 알아서 할 일이지만, 아무튼 아는 이가 전혀 없는 것보다는 누군가의 주소라도 있는 게 백번 나을 거요.

아니, 난 아버지의 굵은 마디의 두 손에 떨어지고 싶지 않다.

― 왜 아내와 아들을 데리고 가지 않소?

― 아내와 아들이오?

마나즈와 야야?

― 가족과 함께 있으면 상황이 훨씬 더 수월할 텐데…….

그가 꽁초를 멀리로 내던진다. 그의 목소리가 언덕 아래에서 울린다.

― 자! 모두들 일어나. 이제 가야지.

여인들이 일어나서 자동차에 오른다. 안내인이 양탄자를 굴린다. 이번엔 나를 빼놓고. 그리고 그것을 자동차에 싣는다. 뒷좌석을 아예 없애 버린 차였다. 나는 말려 있는 양탄자 위에 앉는다. 여인들은 남편 옆의 앞좌석에 앉는다.

자동차가 지나가자 구불구불한 산길이 먼지구름 속으로 사라진다. 스러져 가는 태양의 마지막빛이 안내인의 두 어깨 위로 떨어지고 있다.

양탄자 위에 앉은 내 몸이 천천히 자동차 바닥으로 미끄러진다. 이제 난 양탄자 위에 머리를 올려놓고 있다. 어머니의 발자국을 느끼고 싶다.

차도르로 얼굴을 감춘 어머니는 마나즈의 집을 나와 곧장 '두 개의 검을 지닌 왕'의 영묘로 향하였을 것이다. 어머니는 영묘의 철책에 천으로 된 끈을 묶고 서원을 한다. 아들이 건강하고 또한 안전하게 파키스탄으로 넘어갈 수 있도록 기도하는 것이다. 어머니는 울었다. 하지만 아무도 그녀의 눈물을 알아차리지 못했다. 그리고 그녀에게 아무것도 물어오지 않았다.

— 어머니, 왜 울고 있나요?

어머니는 울었다. 그 어느 때보다도 혼자라는 걸 절감하면서. 그리고 영묘에서 집까지 걸어갔다. 차도르 아래 감추어진 두려운 여인의 마스크를 쓰고서. 그 어느 때보다도 더한 익명의 여인이 되어 버린 어머니는, 그 어느 때보다도 눈에 띄지 않는 보

잘것없는 존재가 되어 버린 어머니는 누군가에게 이렇게 말할
수조차 없었다.

— 우리 큰아이, 우리 집의 가장이 먼먼 곳으로 여행을 떠났
답니다.

그리고 아무도 어머니에게 이렇게 답해 주지 않았다.

— 아들이 가는 곳이 언제나 푸른 곳이기를 기원합니다!

차도르의 베일 속에서 꺽꺽 차오르는 슬픔으로 미쳐 버릴 것
만 같은 어머니는 눈먼 도시의 도로들을 울면서 걸었다. 그리
고 드디어 집에 도착했다. 어머니는 차도르를 벗어 곱게 접으면
서, 눈물로 응어리진 그 슬픔까지 함께 접었다. 그리고 그것을
세탁부에게 죄다 건네주었다. 그런 뒤 조용히 주방으로 가서 깨
끗이 세척된 그릇들을 다시 씻었다. 세탁부가 떠난 뒤, 틀림없
이 어머니는 빨랫줄에 널려 있는 마른 옷가지들을 모두 걷어서
다시금 세탁할 것이다.

어머니는 파르바나와 파리드에게 내가 파키스탄으로 떠났다
는 소식을 전하지 않았다. 아마 내일쯤 되어서야 말할 것이다.
어머니는 늘 그렇듯이 나쁜 소식의 경우 그 즉시 알리는 법이
없다. 어머니는 그 소식이 한동안 자기 안에서 살아 있도록 놓
아둘 것이다. 그리곤 남몰래 혼자서 울리라. 그러면서도 치밀어
오르는 분노를 그냥 내버려둘 터이리라……. 아마 내일 아침

식사 때쯤엔 동생들에게 나의 소식을 전할 것이다.

— 얘들아, 파라드가 파키스탄으로 떠났단다.

그 말에 파르바나는 자기 방으로 건너가겠지. 그리고 새어나오는 흐느낌을 억누르려고 학교에 갈 때면 쓰는 하얀 스카프로 입을 틀어막을 테지. 파리드는? 파리드는 젖은 눈으로 가만히 어머니 곁에 남아 있을 것이다. 그리고 그 눈동자 속에서 불현듯 천진스러움이 떠오를 것이다. 어쩌면 조금 우쭐한 기분이 들기도 하겠지. 이제 이 집의 가장은 자기라고 생각하면서. 그리하여 아이는 어머니의 지친 두 손을 자기의 작고 천진스러운 손으로 꼭 감싸쥘 것이다.

자동차가 작은 칼라* 앞에서 멈춰 선다. 안내인이 양탄자를 내려놓는다. 우리 집의 냄새, 우리 집의 분위기도 양탄자와 함께 땅바닥에 내려진다. 안내인은 두 아내의 눈길을 뒤로 한 채 양탄자를 건물 안으로 가져간다.

나는 귀가 짧게 잘린 두 마리 개와 함께 남는다. 하지만 그것들은 어느새 문을 빠져 나가 버린다. 그리곤 추억마저 다 빠져

---

* 전통적인 주거지. 벽토로 세운 이러한 형태의 주거지는 높은 담 뒤와 뜰 주변에 하나 혹은 여러 채의 아름답게 치장된 집을 갖고 있다.

나가, 불안감으로 가득 차 있는 자동차 주위를 어슬렁거린다.

모스크 안. 내가 앉은 곳에서 그리 멀지 않은 구석진 곳에 한 노인이 잠들어 있다. 머리에 벽돌을 괴고서. 백발의 긴 머리카락이 얼굴을 덮었다. 웅크리고 있는 그 몸은 검은 벨벳으로 만든 차판*에 싸여 있다. 그는 평화롭다. 기도 때조차도 일어나지 않았다. 아무도 그를 눈여겨보지 않는 듯했다. 마치 존재하지 않는 것처럼.

네 개의 석유램프 주위에 청년들과 그들보다 좀더 나이 든 남자들이 원을 이루고 앉아 있다. 그들의 얼굴은 누구 할 것 없이

* 소매가 긴, 비단이나 벨벳으로 만든 전통적인 망토.

덥수룩한 수염으로 덮여 있다. 게다가 모두들 무장을 하고 있다. 나는 무기도 없이, 모스크의 한쪽 구석 벽에 등을 기댄 채 홀로 앉아 있다.

야야가 테라스에 물을 뿌린다. 흙내와 부리아* 냄새가 작은 뜰을 메우고 있다. 마나즈가 모헵을 테라스로 데리고 온다. 이제 세 사람 모두 그곳에 있다. 석유램프를 가운데 놓아두고, 그들은 말없이 저녁 식사를 한다. 무슨 생각들을 하고 있을까? 내 생각을 할까?

야야는 틀림없이 물을 것이다.

— 아버지는 다시 폴레샤르키로 떠난 거야?

마나즈는 그는 아버지가 아니라고 이야기할까? 아마 그녀도 나처럼 아이의 꿈을 깨트리고 싶지 않을 것이다.

그녀는 테라스 옆의 빨랫줄에 널려 있는 내 옷을 걷는다. 그리고 나를 생각한다.

하시시 냄새와 연기가 모스크 안을 떠돈다.

아니, 마나즈는 나를 생각지 않을 것이다. 어쩌면 나를 잊으

＊ 등나무 돗자리.

려고 안간힘을 쓸 것이다. 내가 머물다 간 아주 작은 흔적까지도 그 삶에서 깨끗이 지우려 들 것이다. 그리고 어쩌면 내 흔적을 완전히 제거한 옷들을 걸인에게 건넬는지도 모른다. 나는 누군가가 그녀를 생각하고 있다는 사실을 지금 이 순간만이라도 그녀가 알아 주었으면 싶다. 얼굴의 반을 가리고 있는 흐트러진 그녀의 머리카락과 그 머리카락을 귀 뒤로 넘기는 단호한 손짓에 사로잡힌 누군가가 있다는 것을.

내 앞에 원을 이루고 앉아 있는, 덥수룩한 수염의 다섯 젊은이들 사이에서 마리화나가 건네지고 있다. 그 가운데 한 명이 내게도 마리화나를 내민다. 그러자 옆에 앉은 청년이 눈도 들지 않은 채 한마디 던진다.

— 카불 놈에게 필요한 건 보드카야!

젊은이들이 내게 보내는 조소가 자욱한 연기 속에서 울려 퍼진다.

나는 여태까지 담배를 피워 본 적이 한번도 없다. 하시시는 물론이고!

내가 거부할 수 있을까? 만일 이것이 테스트라면? 하지만 본래 모스크에서는 담배를 피우는 게 금지되어 있지 않은가?

내게 마리화나를 내밀고 있는 청년의 검은 수염이 떨린다.

— 미안하군, 가난한 자들이나 피우는 풀이라서!

마리화나의 연기와 그들의 음험한 웃음이 내 머리에서 맴돌기 시작한다.

다른 원에서 누군가의 목소리가 들려온다.

— **끊임없이 떠돌아다니네, 포기하고 체념한 그자는……**

다른 이들이 합창을 한다.

— **……그는 저항하지 않는다네.**

소란스러운 목소리들이 벽돌을 베고 자던 노인을 급기야 깨우고 만다. 아니, 어쩌면 그는 다만 눈을 감고 있었을 뿐, 처음부터 깨어 있었는지도 모른다. 그가 내 쪽을 바라본다. 그의 두 눈동자가 나무 기둥에 매달려 있는 램프의 빛에 반사되어 반짝거린다. 그가 보여주는 미소의 의미를 나는 이해하지 못한다. 하지만 나도 모르게 손을 뻗어 청년으로부터 마리화나를 건네받는다. 그리고 그것을 메마른 입술에 물고서 힘껏 연기를 빨아들인다. 목구멍을 찢는 듯한 기침이 가슴까지 불타게 한다.

— 보드카가 벌써 간을 망쳐 놓았군! 이젠 어쩔 수 없이 가슴을 하시시에게 맡겨야겠는걸!

그들의 빈정대는 웃음소리가 내 관자놀이를 금방이라도 폭발시킬 것만 같다. 몸이 무거워진다. 혀가 바짝 마른다. 모스크가 어둠과 연기 속에서 침침해진다.

왜 나는 마리화나를 받아 피웠을까? 자살이라도 하고 싶은 걸까? 피가 정맥 속에서 굳어 버리고, 심장이 이유 없이 빨리 뛴다. 몸을 일으키고 싶다.

또 다른 무리들의 원에서 새로운 마리화나가 온다.

— 이것은 샤자하니라는 거요!

나는 또 그것을 힘껏 빤다. 다시 기침을 한다. 그 기침이 뼈 마디들을 온통 부러뜨려 놓는 듯하다.

누워 있던 노인이 머리를 든다. 안개로 덮여 있는 그의 눈이 어둡다. 마치 두 개의 활을 옆으로 나란히 뉘어 놓은 것 같은 눈썹이 시련의 흔적을 보이는 이마의 대부분을 덮고 있다. 그의 뺨은 마치 치아 사이로 얼굴 가죽을 빨아들인 것처럼, 그렇게 움푹 파여 있다. 그의 입술이 떨린다. 그가 자신만이 알아듣고 이해할 것 같은 말로 무어라 중얼거린다. 그러면서 덮고 있던 검은 차판을 한옆으로 치워 놓는다.

문이 열린다. 흰 수염의 남자가 모스크 안에 침묵을 들여놓고, 그 성난 발자국 아래 무거운 밤이 따라 들어온다. 그가 들어오자 모두들 일어나서 절을 한다.

그러나 난 일어날 수가 없다. 머리가 빙빙 돈다. 나는 벽 쪽으로 간신히 몸을 끌고 가 그곳에 기댄다.

새로 들어온 이는 검은 터번의 한쪽 자락으로 오른쪽 눈을 가리고 있다.

그가 모스크의 높은 자리에 앉는다. 그러자 여러 명의 젊은 이들이 그의 발 아래 가 앉는다. 그는 팔에 끼고 있던 낡은 책을 꺼내들더니, 《코란》의 한 구절을 낭독하기 시작한다. 그리고 한 청년으로 하여금 요셉의 장을 읽도록 지시한다.

— 알리프 람 라. 그것은 분명히 성서에서 예증하고 있는 것
이라.*

내가 떨고 있는 걸까? 모스크의 벽들이 흔들리고 있는 걸까?
나는 눈을 감는다.

— 요셉이 그 아버지에게 와서 고하던 그날을 기억하는가?
요셉이 그 아버지에게 고하여 가로되, 내가 꿈을 꾼즉 해와 달
과 열한 별이 내게 절하더이다 하니라.

— 신이여 찬양받으소서!

머릿속에서 온갖 것들이 빙빙 돌기 시작한다. 나는 일어난다.
모스크의 천장을 지탱하고 있는 나무 기둥을 붙잡는다. 나는 요
셉을 그의 아버지 곁에 남겨둔 채 문으로 간다.

— ……실로 요셉과 그 형제들의 소식은 신의 뜻을 구하는 이
들을 위한 교훈이라.

신발이 어디로 갔지? 맨발로 밖으로 나온다. 공기가 신선하

---

* 26장 첫부분에 나타나는 예증에 관해서는 아직 어떤 해석도 나와 있지 않다.

다. 요셉 형제들의 질투가 모스크 밖으로 넘쳐난다. 나는 개울로 몸을 끌고 간다. 졸졸 흐르는 물소리가 야곱의 가축들의 울음소리를 내 마음에서 씻어낸다. 하늘이 펼쳐져 있다. 별들과 달이 요셉의 발 아래 꿇어 엎드리러 가고, 이곳엔 없다. 별 하나 비치지 않는 물속에 얼굴을 담근다. 하시시 냄새와 연기가 내 마음과 코에서 빠져 나와 물속을 흘러간다. 물을 마셔 갈증을 해소한 뒤, 나는 오줌을 누러 큰 나무가 있는 쪽으로 걸음을 옮긴다.

모스크 안에서 요셉의 비명이 들려온다. 형제들이 그를 우물 바닥에 내던졌다. 밤새도록 흐느끼는 우리 할아버지의 울음소리도 들린다. 할아버지께서는 이 구절에 이를 때마다 마치 야곱처럼 우시곤 하였다.

나는 나무 뿌리에 오줌을 눈다. 어디선가 총알이 날아드는 소리와 함께 잔뜩 화가 난 남자의 목소리가 들려오고, 소스라치게 놀란 나는 그 자리에 죽은 듯이 서 있다.

— 더러운 불신자 같으니라구!

나무에 총알이 박혔다. 나오던 오줌이 멈췄다. 밤의 어둠 속에서 한 남자가 나를 향해 다가온다.

— 네 아비는 저주받아 마땅하다, 이놈아! 불경한 놈 같으니

라구! 당나귀새끼처럼 아무 데서나 오줌을 싸?

총부리를 들이대면서 남자가 나를 모스크 쪽으로 내몬다. 모스크 입구에 다다르자 그가 소리를 지른다.

— 여기 서! 나쁜 놈, 그 더러운 옷을 입고 모스크에 들어가려고? 꼼짝 말고 여기 있어!

그러면서 그가 안으로 들어간다. 문틈으로 요셉의 장(章)이 불빛과 함께 새어나온다. 대상들이 요셉을 우물에서 구한 후, 파라오의 대신에게 팔아넘기는 중이다.

남자가 다시 나오더니, 총으로 따라오라는 신호를 한다. 우리는 개울가에 이른다.

— 목욕재계해!

나는 기계적으로 물가에 무릎을 꿇고서 손과 발부터 씻기 시작한다. 그리고 목욕재계할 때면 암송하는 정결의 기도를 마음속으로 왼다. 나의 온 신경은 남자가 겨누고 있는 총부리에 가 있다.

— 돼지 같은 놈! 불신자 자식! 불알은 안 씻을 거야?

몸이 떨린다. 추워서일까? 아니면 무서워서일까? 바지를 내린다. 밑을 씻으려는데, 남자가 내 고환 쪽으로 손을 뻗는다. 내가 놀라서 뒤로 펄쩍 물러난다.

— 움직이지 마! 내가 네 놈 불알을 면도해 줄 테니!

그가 샅 밑의 털 몇 개를 움켜쥐곤 무지막지하게 잡아뽑는다. 내 비명 소리가 물 위를 흐른다.

— 더러운 불신자 자식!

나는 씻기를 마치고 젖은 바지를 끌어올린다. 혀가 굳었다. 공포의 무게 속에서 자존심마저 부서져 버렸다.

물가에 몸을 굽히고 나는 다시 한 번 목욕재계를 한다. 그리고 총구의 위협을 받으며, 맨발로 모스크를 향해 걷는다. 요셉의 장은 어디까지 나갔을까?

— 시위대장의 아내 졸레이카가 요셉에게 욕정을 품었더라. 그녀가 요셉을 유혹하며 문들을 잠그고 가까이 오라 하니.

모스크가 졸레이카의 악마적인 유혹에 휩싸인다.

— 둘이 쫓기고 뒤따르며 문으로 나올 때, 그녀가 뒤에서 그의 옷을 찢더라. 두 사람이 문전에서 그 남편과 맞닥뜨리매, 그녀가 이르기를 당신의 가문을 더럽히려는 자에게 투옥이나 고통스러운 벌 외에 무엇이 있겠습니까 거짓말을 하더라.

내가 모스크 안으로 들어갔을 때는 마침 요셉이 옥에 갇히는 중이었다. 높은 자리에 앉아 있는 흰 수염의 남자가 요셉의 운명을 《코란》 사이에 잠깐 가둬둔 채 청년에게 낭독을 중지하라는 신호를 보낸다.

여전히 모스크의 구석자리에 앉아 있는 노인은 벽에 걸린 램프를 황홀한 눈빛으로 물끄러미 바라보고 있다. 나를 모스크로 데려온 남자가 구석에 가 앉아 있으라고 명령한다. 나는 급히 노인의 옆으로 가 앉는다.

흰 수염의 이맘의 목소리가 모스크의 높은 곳에서 울려 퍼진다.
— 요셉의 운명을 보라, 사탄이 그에게 어떤 함정을 파놓았는지를 보라. 여자들은 이같이 사탄의 함정들이라!

나를 데려온 남자가 이맘의 곁으로 가서 귀에다 대고 무어라 속삭인다. 이맘의 노한 눈길이 날 쏘아본다. 갑자기 그가 일어선다. 젊은 신도들이 일제히 합창을 하듯 외친다.
— 신이여 찬양받으소서! 신이여 찬양받으소서! 신이여 찬양받으소서! 마호메트께서 우리를 악으로부터 지키시나이다!

내 옆의 노인이 중얼거린다. 나는 이 모스크 안에서 그가 하는 말을 들을 수 있는 유일한 사람이다.
— **왜 자기 안에 있는 것이 마호메트 안에도 있다는 생각을**

하지 않는 거지? 악으로부터 자신을 보호하는 건 각자에게 달린 일인데!

그들은 왜 요셉의 장을 마치지 않는 걸까? 내 운명이 요셉의 운명보다도 중요한 걸까?

이맘은 두세 명의 보조자들과 이야기를 나눈 후, 증오에 찬 눈길을 하고 내 앞으로 오더니 덥수룩한 수염의 청년에게 소리쳤다.
— 이자는 불신자요. 이자를 절대로 떠나게 해서는 안 돼! 파키스탄 땅을 더럽히고 말 테니까!
그러더니 쾅쾅 발자국 소리를 울리며 모스크를 떠난다.
노인이 벽돌 위에 머리를 얹는다.

연기가 뿔뿔이 흩어져 사라진다. 모스크 안이 요셉의 혼란스러움으로 채워진다.

요셉은 옥에 갇혀 있다. 아들을 잃은 슬픔이 야곱을 눈멀게 하였다. 요셉의 어머니는? 그녀는 어디에 있는가? 그녀의 슬픔은 틀림없이 야곱의 그것보다 훨씬 더 깊고 무거울 것이다. 그리고 졸레이카의 슬픔은 보다 더 고통스러울 것이다! 요셉의 아비 야곱이 울기 위해 수도원으로 들어갔다면, 두 여인은 그 자신이 수도원이 되어 버린 이들이다. 돌로 만든 수도원이 아니라 육신으로 만든 수도원이 된 것이다. 왜 사람들은 이 두 여인의 슬픔에 대해서는 생각지 않는 걸까? 그러니 요셉의 겉옷을 그 어미의 눈에다 던질지어다!*

---

* 야곱이 잃었던 아들 요셉의 겉옷을 만지고서 기적적으로 시력을 되찾은 사실에 대한 비유.

모스크는 하시시의 혼수 상태에 빠져 있다. 그리고 나는 졸레이카의 매력에 빠져 있다.

— 깨어 있는 것보다 나을 게 없는 꿈이라면, 차라리 잠들지 마라!

내게 다가온 이는 노인이었다. 그가 내 손을 잡고서 밖으로 나간다.

움직임 없이 조용한 모스크가 밤의 검은 안개 속으로 사라져 버린다. 우리는 개울에 당도한다. 그가 내 얼굴에 물을 끼얹는다.

내가 묻는다.

— 당신은 누구시죠?

그가 웃으며 말한다.

— 아주 어려운 질문이구려. 잠시 생각 좀 해봐야겠는걸⋯⋯.

그가 몇 모금의 물을 마신다. 나는 그가 생각하도록 내버려 둔다. 그렇게 기다리고 있는 나를 보며 그가 웃는다.

— 사람들은 나를 새라고 부른다네!

그리고는 입을 다물어 버린다.

우리는 개울을 따라 걷는다. 노인의 존재가 나의 두려움과 불안감을 쫓아낸다. 잠시 후, 노인이 걸음을 멈추고 말한다.

— 세상을 유랑하여 보게나!

그리고는 개울가에 웅크리고 앉더니 물에 손을 담근다.

— 물은 고여 있으면 썩기 마련이라네. 그 물이 흙을 진창으로 만들지. 그러니 손에서 빠져 나가는 물이 되도록 하게!

— 나는 다시 돌아가고만 싶습니다!

— 우리 모두 언젠가는 돌아가게 되어 있는 존재들 아닌가!

그의 손이 수면을 어루만진다.

— 아뇨, 난 우리 집, 카불에 있는 우리 집으로 돌아가고 싶어요!

— 이곳 사람들이 죽일 수 있는 건 그대의 육체일 테지만, 그곳에선 그대의 영혼을 죽게 만들 거야!

그는 차판 주머니에서 벽돌을 꺼내 개울 속에 빠뜨렸다.

— 언젠가는 우리 모두 이 벽돌처럼 되고 말지.

그가 웃으면서 일어나더니 개울을 훌쩍 뛰어넘었다.

우리는 개울을 사이에 둔 채 함께 거슬러 올라간다. 조금 올라가자 개울은 지하로 사라지고 만다.

나는 모스크로 돌아가고 싶지 않다. 새벽까지 노인 곁에 남아 있고 싶다. 내일은 안내인에게 다시 카불로 데려다 달라고 말할 것이다…….

— 진정한 자기 자신을 찾았다면 가벼운 마음으로 떠나게나!

노인의 목소리가 나를 카불로 향하는 여행에서 돌아오게 만든다. 그의 목소리가 졸졸 흐르는 물소리에 녹아든다. 우리는 마침내 샘에 이르렀다.

— 하지만 자기 자신이 아닌 다른 자를 찾았다면, 그의 목을 꼭 움켜쥐고 떠나도록 하게!

그는 멀어져 가고, 나는 그의 말에 그대로 그 자리에 우뚝 서고 만다.

— 만일 그자도 찾지 못했다면…… 그러면 그대의 목을 꼭 움켜잡아야 하네!

노인이 더욱 멀어져 간다.

— 어디로 가세요?

그에게는 내 말이 들리지 않는다. 아니, 어쩌면 내 물음에 답하고 싶지 않은 건지도 모른다. 난 꼼짝할 수가 없다.

얼이 빠진 기분이다. 노인이 밤의 어둠 속에 녹아들고 없다.

— 날 버려두고 혼자 가지 마세요!

절망적인 내 목소리가 물 위에 미끄러진다.

노인의 목소리가 밤의 다른 쪽 끝에서 들려온다.

— 자신의 목을 꼭 움켜잡게나!

모스크 안. 노인이 누웠던 자리에 연기 후광이 희뿌옇게 떠
있다. 석유램프들이 약한 빛으로 타고 있다. 나보다도 약하다.
모스크의 사람들 모두가 잠들어 있다. 나는 다시 일어나고 싶
다. 하지만 내 자신이 무겁게만 느껴진다. 모스크의 벽을 짚고
일어선다.

— 어딜 가시오?

멀지 않은 곳에 누운 남자의 잠에 취한 목소리가 나를 벽에
그대로 붙어 있게 만든다. 난 왜 이렇게 물어보고 싶었던 걸까.

— 저 자리에 있던 노인은 어디로 가셨습니까?

내 손이 노인이 누워 있던 빈자리를 무의식적으로 가리킨다.
남자는 잠시 고개를 들었다 내려놓으면서 다 풀어진 터번의 한

쪽 끝으로 눈을 가린다. 그가 중얼거리는 소리가 터번 속으로 잦아든다.

— 웬 노인?!

그러자 한구석에서 다른 목소리가 들린다.

— 하시시 효과가 나타나고 있는 것 아냐?!

— 그게 아니라 잠에 취해 헛소릴 하는 것 같은데.

그들이 비웃는다. 들리지 않는 거짓 웃음. 나는 한 발을 앞으로 내민다. 모스크가 나와 함께 흔들린다. 갈증이 내 입천장을 찢는다. 물!

문가에 이른다. 그 언저리에서 자고 있던 젊은이가 무거운 눈꺼풀을 반쯤 열고 묻는다.

— 어딜 가는 거요?

— 물 마시러 갑니다!

— 주전자에 있는 물 마셔요!

— 주전자가 비었는데요.

— 그럼 가서 채워 오세요!

그가 머리를 돌리며 얼굴 위까지 이불을 끌어당긴다.

주전자가 어디 있다는 거지? 내 몸속에는 피 한 방울, 물 한 방울 남아 있지 않다. 내 몸은 건조하다. 발밑에 깔린 부리아처럼. 나의 두 발이 등나무 돗자리의 일부가 된 것 같다. 앞으로 나아가질 않는다. 내겐 신선한 공기가 필요한데…… 모스크는 내 허파보다도 더한 연기로 가득 차 있다. 공기라곤 없는 곳.

— 기도할 건가요?

조금 전의 목소리가 이불 속에서 새어 나온다. 바짝 마른 내 몸을 한순간 전율이 훑고 지나간다. 오른쪽 발이 한 걸음 앞으로 나아간다. 그리곤 더 이상 움직이지 않는다. 다른 쪽 발이 또 한 걸음. 더욱 무겁다. 다시 또 한 발자국…… 드디어 밖으로 나와 있다. 주전자도 없이. 신발도 없이.

하늘이 밝아졌다. 개울물 소리가 아주 가까이 느껴진다. 물소리가 나를 개울로 인도한다. 나는 달려간다. 자갈이 깔린 차가운 땅이 발밑에서 흔들리고 있다. 개울에 도달한다. 나는 물가에 앉는다.

노인이 어디서 밤을 보냈는지 새벽이 내게 말하여 주리라.

갑자기 개울물 소리가 뚝 그쳤다. 물이 없다. 몸을 일으키고 싶다. 발이 미끄러진다. 개울 속으로 빠져든다. 우물 같다. 바닥 없는, 물 없는 우물…….

— 알라 아크바르!

(알라는 더욱 위대하시도다!)

기도 시간을 알리는 소리에 나는 우물에서 나온다.

늑대와 양이 하늘에서 방황하고 있다. 사람들이 내지르는 하품 소리가 모스크에서 새어 나와 개울 쪽으로 달아난다.

떠나야 해.

목동의 별은 어디 있지?

나는 일어난다. 다리가 움직인다. 달려야 해. 나는 달린다.
물 위로, 땅 위로.

─ 정지!

알 바이트!

어느 도시의 어스름한 붉은 석양빛 속에서 한 목소리가 나를 내려친다. 여긴 어딜까? 나는 어디에 온 걸까?

다리가 후들거린다. 땅바닥에 넘어진다. 씁쓸한 피맛이 혀 위에 남아 있다.

알 바이트!

군홧발이 검은 커튼처럼 눈앞을 가로막는다.

벌써 밤이란 말인가?

이렇게 빨리!

2001년 4월, 파리

아티크 라히미의 순수한 목소리

소련군의 아프가니스탄 침공 후, 카불을 배경으로 하는 이 두번째 소설은 아티크 라히미의 특별한 재능을 재확인시켜 준다.

2년 전, 세계를 놀라게 하였던 그의 뛰어난 첫번째 소설 《흙과 재》의 출판으로 우리는 아티크 라히미라는 아프간의 작가를 프랑스에서 발견할 수 있었다. 1962년 카불에서 태어나 22세 무렵 아프간을 탈출한 이래로 현재 프랑스에서 살고 있는 아티크 라히미는, 그의 독특한 재능을 두번째 소설인 《꿈과 공포의 미로》로 다시한 번 확인시켜 주었다. 그의 독특한 재능이란 다름 아닌 '더할나위 없이 순수한 목소리'이다. 그 목소리는 현실뿐 아니라 꿈 혹은 기억 속에서까지 길어올리는 시적 세계에서 나오는 목소리이다. 그 세계에서는 매우 구체적인 것과 지각될 수 없는 것이 공존하며, 또 뒤섞인다. 몽환적 흐름, 전설적 혹은 신비적인 이야기, 우화나 동화 속의 놀라운 상상력 등이 함께 뒤섞이고 있는 것이다.

도식적으로 압축 구성된 《꿈과 공포의 미로》의 줄거리는 단 몇 시간, 몇 단어로 이루어진다. 소련군의 독재 체제하인 카불의 어느 날 밤, 파라드라는 대학생이 무장한 군인들의 갑작스런 위협을 받고, 몸을 숨기고, 이어서 조국을 탈출하지 않을 수 없게 되기까지의 이야기이다.

어린 아들과 함께 친정동생을 데리고 사는 젊은 미망인 마나즈의 집에 숨게 된 파라드, 곧 이 소설의 화자는 자신의 생각 속에 갇혀있다. 그의 머릿속에서 악몽과 환각, 그리고 앞뒤가 맞지 않는 회상들 속의 환상들과 목소리들이 무질서하게 꼬리를 물며 나타난다. 두려움, '공포'에서 나온 혼란("**하지만 칼라슈니코프의 개 머리판이 잠들어 있던 할아버지의 진들을 지하 감옥에서 튀어나오게 만들었다. 그리고 진들은 어느새 내 삶의 무대로 돌아와 있다. 게다가 나는 두려운 현실보다 이 연극을 더 믿고 싶다!**"), 그것은 길을 잃어버렸을 때의 혼란인 동시에 하나의 거대한 성채와도 같은 혼란이다.

일련의 사건들을 통해 파라드는 이러한 절망과 당혹감 속에서 빠져 나올 수 있는 힘을 자신의 내부 속에서 찾도록 떠밀려져서, 조금씩 그 혼란의 성채로부터 빠져 나오게 된다. 아티크 라히미는 이처럼 세상으로의 느릿느릿한 복귀를 페이지를 따라 그려내고 있다. 지극히 섬세한 묘사를 하고 있으면서도 자연스러움과 순박함을 잃지 않았으며, 무거운 문제 의식 또한 조금도 손상되지 않았다.

나탈리 크롬

엘 / 2002년 5월 27일

선한 아프간人!

놀랍고도 고귀한 작품 《흙과 재》이후, 아프간의 작가 아티크 라히미가 새로운 소설을 내놓았다. 그 책을 읽을 것! 이것은 명령이기도 하다!

이 책은 소설이다. 하지만 아프간의 거대한 프레스코화를 기대하는 사람들이라면 관심을 갖지 않을 수도 있다. 라히미의 새 소설은 아프간에서 행해지는 억압과 그 조국에 대한 긍지를 다시 이야기한다. 한 가정의 어머니(마나즈)가 군인들에게 쫓기고 있는 대학생 파라드를 집에 숨겨주고, 그가 파키스탄으로 탈출할 수 있도록 돕는다. 바로 이것! 이것이 바로 작은 이야기에서부터 시작하여 퍼져 나가는 아프간의 문화이다. 이런 기적은 어디에서 비롯하는 것일까? 시적 정취에 기인한다. 파리에 망명해 있는 작가 라히미는 이 시적 정취가 대중적 정서인 동시에 살아 있는 예술로 남아 있는 그런 문화에서 나고 자랐다는 사실을 기억할 필요가 있다. 그래서 그의 책은 전설과 신화 혹은 아프간인들의 상상력에서 빌려 온 환상적인 이야기들을 마음대로 넘나든다. 그의 문장들은 짧으면서도 힘이 있으며, 문장들 사이엔 울림과 이미지와 목소리들이 있다. 한마디로 그의 작품 속에 나타나는 침묵은 결코 말이 없는 침묵이 아니라, 오히려 말들로 가득 차 있는 침묵이다. 이 소설의 아름다움을 제대로 느끼려면, 마치 한 편의 시를 읽듯이 천천히, 아주 천천히 읽어 나가야만 한다.

기욤 알라리

주르날 뒤 상트르 / 2002년 5월 14일

아티크 라히미 《꿈과 공포의 미로》

우리는 2000년도에 뛰어난 소설 《흙과 재》와 함께 아티크 라히미라는 작가를 발견할 수 있었다. 놀라운 성공을 거둔 이 작품은 문학적 가치에 정치적 상황이 가미되어 마침내 베스트셀러 대열에까지 들고 말았다. 이 책에서 저자는 폭력과 전쟁 앞에서의 죽음을 무뚝뚝하면서도 우아하고 자극적인 문장으로 응시하고 있다.

아티크 라히미의 펜의 능력을 높이 평가했던 이라면 틀림없이 《꿈과 공포의 미로》도 반길 것이다. "내 머리를 받치고 있는 이 두 손에, 내 얼굴을 간질이는 이 머리카락 속에, 그리고 나를 '아버지'라고 부르는 이 어린아이에게 눈곱만한 현실이라도 존재할 수 있는 걸까? 이 모든 것이 진짜보다 더 진짜처럼 보이는 꿈은 아닐까?" 여기서 작가는 아프간의 잔혹성 혹은 인간의 잔혹성 앞에서 자신의 정체성을 찾으려고 애쓰는 다섯 인물을 통해서, 꿈과 은유 그리고 극히 잔인한 현실들 사이를 오가며 흔들리고 있다. "이러한 순간을 공포라는 말 외에 어떤 말로 표현할 수 있을까? 우리의 존재를 의심케 만드는 것, 그것이야말로 공포다. 공포는 우리로 하여금 가상의 세계 속에 숨어 버리도록 밀어붙인다. 그것은 진의 존재를 믿게 하며, 천상의 여인의 존재를 믿게 하고, 죽음 이후의 삶을 믿게 만든다."

이 작품을 단 몇 줄로 요약하는 것은 몹시 어렵고도 헛된 노력처럼 보인다. 왜냐하면 라히미의 반항적인 시적 정취는 흙내, 이승과 저승의 냄새, 그리고 여인의 눈에서 나는 서글픈 냄새와 호흡에서 나오는 것이기 때문이다. 그런 것들이야말로 우리의 시선을 잡아끌고, 감동시키는 것들이다.

고통의 육체
아티크 라히미의 《꿈과 공포의 미로》

2년 전 《흙과 재》가 프랑스어로 번역되면서, 우리는 아프간의 작가인 아티크 라히미의 힘 있는 목소리를 들을 수 있었다. 그의 두번째 소설 《꿈과 공포의 미로》 역시 서구 사회가 알지 못하는 차원에서 전쟁 이야기를 이끌어 가는 그의 독특한 능력을 확인시켜 준다. 그의 책을 읽는 동안 작가는 우리로 하여금 전쟁터를 묘사한 그림 앞에서 비참함과 죽음의 광경을 응시하는 데 그치지 않고, 그 단계를 훌쩍 뛰어넘을 수 있게 해준다. 이 책에 나타나는 비탄한 심정과 불안감은 더 이상 어떤 표징이나 상징이 아니라 주제 그 자체이다. 탄식하고, 어머니와 아버지를 부르고, 애원하고, 압제자의 발길질에 반항하는 수많은 목소리들을 통해 고통에 찬 육체들이 표현되고 있다. 그 가운데서 산 자의 세계와 죽은 자들의 세계를 구분하는 경계선은 침범을 당하고, 아예 지워져 버렸다. "난 지금 죽어 있는 거다. 군인들의 군홧발에 차이기 전에 이미 죽었다. 무덤이 내 갈비뼈를 으스러뜨렸다. 나는 내 영혼을 토해 냈다. 죽음의 천사들이 무덤에 나타났다. 비열한 검은 얼굴과 숱 많은 콧수염에 긴 군화를 신고서. 그들은 칼라슈니코프의 개머리판으로 날 마구 때렸다."

아티크 라히미의 의도는 우리를 우리의 것과 아주 다른 문화, 우리와 전혀 다르게 느끼고 생각하는 방식에 익숙해지도록 만드는 데 있지 않다. 전쟁이 빚는 비참한 상황들 속에는 결코 이국적인 것이란 없지 않던가!

파트릭 케시쉬앙

독재 체제하의 아프가니스탄

프랑스로 망명한 아프간의 작가 아티크 라히미가 쓴 첫번째 소설 《흙과 재》가 큰 성공을 거두고, 각국 언어로 번역되어 전 세계적으로 출판된 데에는 우리의 현실이 큰 몫을 했을 것이다. 그 책은 독재자들 손에 떨어진 국가의 백성들이 느끼는 공포가 그대로 배어 있는 시적 언어로 씌어진 책이다. 그후 탈레반 정권은 인간의 권리, 특히 여성의 권리를 무자비하게 짓밟음으로써 각국의 미디어들로 하여금 아프가니스탄이라는 국가의 존재를 부각시켰다. 《꿈과 공포의 미로》는 침략자 소련이 밀고 들어오기 직전인 1979년을 배경으로 하고 있는 아티크 라히미의 두번째 소설로서, 작가의 뛰어난 재능을 다시 한 번 확인시켜 주고 있다.

책에서 화자는 통행 금지 시간을 어겼다는 죄목으로 군인들에게 갑작스럽게 구타를 당한 후, 어린 아들을 두고 있는 젊은 미망인의 집에서 의식을 되찾는다. 여러 가지 환각과 고통 속에 갇혀 시달리는 그는 자신이 무덤 속에 누워 있는 건지, 연옥에 와 있는 건지, 아니면 그의 조국이 처한 괴로운 현실 속에 있는 것인지 전혀 분간할 수 없다. 그의 단호하고 간결한 산문체는 허식 없는 이야기에다, 슬픔을 감고 있는 차도르의 천이나 주인공의 생명을 구하는 필페이 양탄자 같은 천으로 옷을 입힌다(전쟁에서 간신히 남은 인간성의 조각들로). 작가는 또한 박탈과 모욕의 무게 아래에서도 굽히지 않는 엄청난 용기를 지닌 아프간 여인의 초상을 곁들인 망명의 이야기를 짜기 위해서 몇 가지 전통적인 문양들을 차용하고 있다.

엘리자베스 뷔스트

부조리의 희생자

아티크 라히미의 두번째 소설은 독재 세력이 인간에게 어떤 영향력을 미칠 수 있는지를 그리고 있다.

아티크 라히미의 두번째 소설은, 독자로 하여금 1978년 카불에 뿌리내린 공산당의 군홧발과 주먹에 그 생명을 위협받는 대학생 파라드의 정신적 미로 속에 빠져 단숨에 읽어 나가게 만든다. 소련과의 전쟁중에 일어난 이야기인 《흙과 재》 이후, 아티크 라히미는 모스크바의 탱크들이 도착하기 직전인 붉은 공포의 시대를 배경으로 택했다. 이번에도 그의 간결하고 독특한 문체는 인물들의 정신적 풍경에 아주 놀랍도록 정확하게 들어맞는다. 파라드는 술집에서 나온 직후 자신에게(그리하여 독자들에게) 말을 건네기 시작한다. 처음엔 시간적 공간적 지표들이 결여되고, 몽상과 회상, 육체적 고통과 정신적 고통, 실제 체험한 장면들과 상상의 장면들이 혼합되어 불안정한 옷감이 짜여지지만, 차츰 조금씩 안정되어 가면서 마침내 주인공의 현실로 돌아온다.

아티크 라히미는 한 인간의 삶에 내리쳐져서, 한 존재의 연약한 구조를 단번에 무너뜨려 버린 폭력을 물리적으로 느끼게 해준다. 이유를 알 수 없는 폭력의 심판이라는 그 정신적 폐쇄 공간 뒤에 물리적인 감금 상태가 이어진다. 낯선 젊은 여인이 그를 집에 숨겨준 것이다. 여인의 어린 아들은 상처입은 대학생의 모습에서 사라진 아버지의 모습을 찾고 싶어한다. 여기서 젊은이와 여주인 사이에 말할 수 없이 섬세하게 그려지는 사랑은 마치 가능한 탈출구처럼 보이지만 실제로는 신기루에 불과한 것일 뿐이다. 그후 성직자처럼 보이는 백발 노인의 출현에서 또 하나의 탈출구가 어렴풋이 모습을 드러낸다. 하지만 거대한 괴물 미노타우로스와도 같은 공포는 결코 그를 놓아주지 않을 것이다. 아티크 라히미는 자신이 그려내는 인물들을 우리의 형제자매로 만들어 버리는 방법을 잘 알고 있다. 그래서 부조리의 희생자인 파라드는 아직도 우리의 뇌리를 떠나지 않고 우리의 마음을 붙들고 있다.

L.K

텔레라마 / 2002년 4월 1일

"넋을 빼앗기고, 두려움에 떨며"

그의 이름은 파라드. 그는 자신의 이름을 떠올리는 것에서부터 회상을 시작한다. 1337년(서기 1958년)에 아프가니스탄에서 태어난, 미라드의 아들 파라드. 그의 정신은 지금 귀를 멍멍하게 만드는 침묵 속에 갇혀 있다. 그는 최근의 행적을 가까스로 더듬어 본다. "난 지금 암흑 속에 있는 걸까? 아니면 눈을 감고 있는 걸까?"

그는 잠에 빠진 걸까? 아니면 눈이 멀어 버린 걸까? 지금은 밤일까? 아니면 지옥에 와 있는 걸까? 그는 자신이 살아 있는 건지, 아니면 죽어 있는지조차 모른다. 아무것도 알 수 없다. 또한 현실이 공포로 여겨지는 한 불타 버린 생명들이 끊임없이 방황하고 있는 잿더미 땅의 현실을 제대로 바라보고 싶은 생각도 없다. "난 지금 죽어 있는 거다. 군인들의 군홧발에 차이기 전에 이미 죽었다. 무덤이 내 갈비뼈를 으스러뜨렸다. […] 난 지금 죽어 있는 거다. 옆의 묘지에 누워 있는 어린아이의 영혼이 계속해서 날 부르고 있다."

칼라슈니코프의 개머리판에 맞아 '영혼을 토해 버린' 주인공 파라드가 아주 천천히 악몽에서 빠져 나와 눈을 뜨고 삶을 바라본다. 그가 무덤 속이라고 생각했던 곳은 실상 희미한 촛불이 밝혀주고 있는 작은 방이다. 이곳은 평화롭다고 할 만한 곳이다. 그를 깨운 것은 낯선 젊은 여인이다. 그녀에게는 아들이 하나 있고, 그 아이는 파라드를 본 순간 오래 전에 사라진 자기 아버지가 돌아온 것이라고 믿는다. 그래서 그를 '아버지!'라고 부른다. 몸을 추스를 기운도 없어 그 아이에게 아버지가 아니라고 부인할 힘조차 없는 파라드는 머릿속에 수많은 단편적인 회상들이 떠오르도록 내버려둔다. 어머니의 '괄호에 갇힌' 미소들, 차도르 뒤에 갇혀진 어머니의 초라한 미소, 어린 누이의 천진한 장난들……. 그리고 그는 기쁨과 젊음의 덧없는 순간들에 대한 회상을 친구 에나야와 연결시켜 본다. "그는 시인은 아니었지만, 그 삶은 한 편의 시였다." 그러다 결국 자신이 지은 죄들을 하나씩 나열해 보기에 이른다. 보초병들의 군홧발 아래서 밤이 사그라드는 시각에, 혹은 몰라의 부름 앞에서 꿈들이 부서지는 시각에 카불 시 위로 태양이 뜨는 모습을 응시했던 죄, 술을 마신 죄, 사랑을 나누고 싶어했던 죄, 정치뿐 아니라 종교에도 무관심했던 죄("그래, 난 불신자이다."), 저항가도 혁명가도 아니고, 단지 배우고 이해하고, 책을 읽고 싶어하며, 대학 도서실의 보물들 속에 파묻혀 시간을 보내고 싶어하는 단순한 학생이라는 죄 등을…… 독재 체제하의 카불에서는 이 모두가 범죄이다. 그의 이성은 부조리의 미로 속에서 길을 잃고, 이해할 수 없는 것에 부딪쳐 넘어진다. 공포가 그를 마음속 깊은 곳까지 쫓아와 괴롭혀, 그의 관자놀이는 금방이라도 터질 것만 같다. 공포에 질린 어린 사내아이처럼, 그는 어머니에게 애원하고, 자비를 구하며, 고통에 짓눌린다. 그때마다 할아버지의 목소리가 그의 마음속에 울려 퍼진다. **"할아버지는 말씀하셨지. 다몰라 사이드 무스타파의 말에 의하면, 영혼은 우리가 잠이 든 동안 다른 곳으로 간다고. 그리고 그 영혼이 우리의 육신으로 돌아오기 전까지는, 기나긴 악몽 속에서 멍멍함과 공포에 몸을 내맡긴 채, 목소리도 낼 수 없고 힘도 쓰지 못하는 상태로 있어야만 한다고. 그런 상태는 영혼이 돌아올 때까지 계속된다고 했었지."** 그는 자신의 영혼을 되찾기 위해 다시 잠들어야 하는 걸까? 아니면 그를 구해 준 젊은 여인의 충고에 따라 국경을 넘어 탈주해야 하는 걸까? "깨어 있는 것보다 나을 게 없는 꿈이라면, 차라리 잠들지 마라"고 성직자처럼 보이는 백발의 노인이 그를 향해 중얼거린다. 그리하여 그는 길을 떠난다. 그 길이 어디로 향하게 될지, 혹은 그의 삶이 어디로 인도될지도 모르는 채로.

파리에 살고 있는 아프간의 망명 작가 아티크 라히미는 첫번째 소설 《흙과 재》를 통해 이미 전쟁과 고통, 온갖 종류의 전쟁들, 온갖 종류의 고통들을 이야기하고, 죽음, 곧 육체적·지적·정적인 모든 종류의 죽음들을 보여주었다. 그리고 그가 사용하는 단어들은 더할 수 없이 부드러운 노래이기도 했다. 그 작가가 여기, 두번째 책인 《꿈과 공포의 미로》에서는 현실과 은유 사이에서 시적 정취의 탐색을 추구한다. 그의 산문은 외침이며, 폭력이자 선함이며 또한 아름다움이다. 그의 문장은 짧고 급하며, 환각적이고 주술적이다. 독자로 하여금 숨을 쉴 수 있게 해주며, 평온케 만드는 힘을 지니고 있다. 또한 품위가 있는가 하면 관능적이기도 하다.

아티크 라히미는 그의 침묵을 통해 자신의 부끄러움을 이야기한다. "내 목소리가 목구멍 안에서 녹아 눈으로 흘러나온다." 아티크 라히미는 운다. 그리고 그의 눈물은 황금의 눈물이다.

마르틴 라발

르 탕 / 2002년 3월 3일

"나는 독자에게로 이르는 길을 되도록 짧고 단순하게 만들고 싶습니다"

아티크 라히미는 글쓰기를 통해서, 아프간의 백성들을 짓누르는 종교에 대한 공포와 전쟁에 대한 증오를 우리 모두가 겪은 체험으로 바꾸려 한다.

— 리스베스 쿠슈모프

프랑스에 살고 있는 아프간의 작가이자 영화인인 아티크 라히미가 2001년 9월에 내놓은 첫번째 소설 《흙과 재》는 비극적인 추억들을 마음속 고통의 점으로, 목구멍 안의 흐느낌으로 만들어 놓았다. 이 짧은 소설은 아프가니스탄을 파괴한 전쟁에 대한 혐오감을 밀도 있게 압축시켜 놓은 작품이었다. 모든 것이 불타고 났을 때 남은 것이 과연 무엇인지를 보여주는 그 책은 밖으로 표현할 수 없는 것들의 침전물이다. 그의 새로운 소설 《꿈과 공포의 미로》는 최근에 나온 것이다. 《흙과 재》를 영화화하기 위해 시나리오로 각색중인 아티크 라히미가 얼마 전 아프가니스탄에서 진행중인 휴먼 프로젝트를 지지하기 위해 제네바에 들른 일이 있다. 다음은 그때 그와 가졌던 인터뷰 내용이다.

아티크 라히미 — 《흙과 재》는 전쟁에 대해 내가 쓰고 싶었던 것을 쓴 책이었어요. 나는 1991년 아프가니스탄에서 형을 잃었지요. 형의 죽음은 1년 동안이나 감춰져 있었습니다. 결국 그 비극을 알게 되었을 때, 이 침묵의 이유들에 대해 아주 오랫동안 깊이 생각하게 되더군요. 《흙과 재》는 그런 시련 속에서 태어난 책입니다. 《꿈과 공포의 미로》는 공산당과 종교가 주는 공포에 대한 내 생각을 쓴 책이지요. 나는 아프가니스탄을 떠나던 해인 1984년 그 두 가지 공포를 모두 겪었습니다. 그때는 카불이 붉은 공산당에 대한 공포와 그 검은 공포 아래 펄럭이던 캠페인에 짓눌려 있던 때였지요.

르 탕 — 그런 이데올로기의 어느 하나에라도 이끌려 본 적이 있습니까?

아티크 라히미 — 1978년에서 1979년 사이에 인도를 여행하고, 그곳에서 1년간 살아 볼 기회가 있었어요. 인도는 나를 모든 이데올로기로부터 구해 준 나라입니다. 나는 그곳에서 비로소 신이 존재한다는 것을 깨달았고, 그리하여 불가지론자가 되었습니다. 이 모순은 오마르 카이얌의 시(詩) 속에서도 볼 수 있는 것인데, 그는 끊임없이 신에게 대항했던 시인이지요.

르 탕 — 《꿈과 공포의 미로》의 중심 인물인 파라드는 심지어 경찰에게 구타당하고 있는 순간에도 할아버지의 종교적 가르침을 단편적으로 떠올리더군요. 종교적 가르침이 그의 구명대일까요?

아티크 라히미 — 파라드는 자신이 종교적 규범 따위는 상관하지 않는다고 말하고 있지만, 그러나 공포가 엄습해 올 때면 그것이 의식의 표면 위로 떠오릅니다. '진'과 '악령' 그리고 '죽음'에 대한 두려움이 드러나는 것이지요. 입에서 입으로 전달되어 온 이런 모든 검은 사상은 인간과 신의 관계를 공포 위에 세울 때만 가능한 것입니다. 그것은 페르시아의 신비파 이슬람교인 '수피교'에 정확하게 반대되는 사상이지요. 수피교는 사랑을 근거로 하고 있으니까요. 나는 파키스탄의 페샤와르 난민촌 캠프 안에서 젊은이들 사이에 퍼져 있던 《사자의 서》를 기억하는데, 그 책은 누구든 몇 페이지만 읽어도 오랫동안 악몽을 꾸게 될 겁니다. 나는 아프가니스탄을 덮친 종교적 공포의 일부가 바로 아프가니스탄 전역에 퍼져 있는 이런 공포에 기인하고 있다고 봅니다.

르 탕 — 이 소설은 하얀 백지 위에 쓰여 있는 단 한 단어, '아버지?'로 시작하고 있군요. 첫 페이지를 보는 순간 독자로서는 기습을 당한 기분이 들 것 같은데, 어떤 효과를 노린 건가요?

아티크 라히미 — 하얀 백지는 갑자기 주인공을 내리덮은 침묵의 뚜껑을 나타냅니다. 나는 내 작품이 독자에게 하나의 체험으로 남길 간절히 바라지요. 독자가 단순히 텍스트에 시선을 고정시키는 것만으로도 비릿한 피 냄새나 향긋한 향수 냄새를 느낄 수 있길 바라는 거지요. 한번 읽힌 후엔 곧 잊혀지고 마는 텍스트들엔 흥미가 없습니다. 《흙과 재》에서 굳이 '너'라는 인칭을 사용했던 것도 독자로 하여금 주인공의 자리에 서 보게 하고 싶었기 때문이었어요. 나는 독자에게로 가는 길을 되도록 짧게, 그리고 단순하게 만들고 싶습니다. 그래서 작가 혹은 화자의 생각이 아니라, 등장 인물의 생각의 리듬과 상태에 몰두하는 글쓰기를 찾으려고 애

쓰지요.

르 탕 — 당신의 책을 읽고 있는 독자의 체험을 환기시키고 싶다고 하셨는데, 그렇다면 책을 쓰는 당신의 경우는 어떻습니까?

아티크 라히미 — 나 역시 《흙과 재》와 《꿈과 공포의 미로》를 쓴 이후로 정신적인 후유증이 없지 않았습니다. 1년 반 동안, 그 주인공 속에 갇혀서 사는 경험을 했으니까요. 하지만 내게 있어서 가장 강렬했던 경험은, 아직 출판되진 않았지만 사실상 나의 첫번째 작품이라고 할 수 있는 《밤의 단어들》의 집필 작업이었습니다. 프랑스에 온 지 3개월째 되는 아프간의 망명자가 주인공이지요. 그는 프랑스어가 서툴러서 대화에 갈증을 느끼고 있는 인물입니다. 나는 아직은 내가 그 책의 출판을 책임질 수 있을 정도로 성숙하지 못하다고 봅니다. 그 책을 출판해도 좋을 만할 때까지 기다리는 동안 다른 책을 한 권 더 쓰고 싶습니다. 이번에 쓸 책은 아마도 마음껏 숨을 쉴 수 있을 정도의 커다란 공간을 가진 콩트가 될 것 같군요.

르 탕 — 1984년에 아프가니스탄을 탈출한 이후로 한번도 돌아가지 않았다가, 이번에 아프간에서 잠시 머물다 온 걸로 알고 있습니다. 그곳 현장에서 받은 인상은 어떠했는지요?

아티크 라히미 — 사실 더 끔찍한 상태를 각오하고 갔었어요. 출발하기 전에 미리 마음의 준비를 하느라고, 파괴된 오늘날의 아프간에 대해서 쓴 여러 작품들을 읽고, 또 10편 정도의 다큐멘터리도 보았거든요. 처참하게 파괴된 비참한 상황들의 충격적인 모습을 이미 보고 난 후 막상 현장에 도착하고 보니, 그 모든 상황이 결코 오래 가지는 못할 거라는 생각이 들더군요. 그런 생각은 아프간 국민들의 열정을 방방곡곡에서 보면서 더 확실해졌습니다. 아프간 사람들은 그들 자신과 그들의 재건 능력을 믿고 있어요.

사람들은 아프가니스탄에 갈 때면 대개 아프간이라는 나라와 도시·국민들에 관한 수백 가지의 질문을 갖고 갑니다. 하지만 돌아올 때는 자기 자신에 관한 수천 가지의 질문을 갖고 돌아오게 되지요. 아프가니스탄이라는 나라는 존재의 의미에 대해서 생각해보게 만들거든요. 나는 한 인간으로서, 아프가니스탄을 파괴했던 광기에 대해 책임감을 느낍니다. 다행히 이 여행을 떠나기 전에 《꿈과 공포의 미로》를 썼다는 사실에 대해 적잖은 위로를 받았다고 할 수 있죠. 이 책은 나로 하여금 한편으로는 광기에 대해서 생각할 수 있게 해주었고, 또 한편으로는 어떤 평온함 같은 것에 도달할 수 있게 해주었어요. 그 경험이 없었다면, 이번 여행은 무척 괴로운 여행이 되었을 겁니다.

김주경
이화여대 불어교육학과 졸업
연세대 불어불문과 대학원 졸업
이화여대 · 경기대 강사 역임
역서: 《경제적 공포》 《세계의 비참》(전3권)
《느리게 산다는 것의 의미 1 · 2》
《산다는 것의 의미》 《흙과 재》 외 다수

현대신서
131

꿈과 공포의 미로

초판발행: 2004년 8월 10일

지은이: 아티크 라히미

옮긴이: 김주경

총편집: 韓仁淑

펴낸곳: 東文選

제10-64호, 78. 12. 16 등록
110-300 서울 종로구 관훈동 74번지
전화: 737-2795

편집설계: 朴 月 · 李姃昊

ISBN 89-8038-276-6 04890
ISBN 89-8038-050-X (세트/현대신서)

【東文選 文藝新書】

2002 상처받은 아이들	N. 파브르 / 김주경	16,000원
2003 엄마 아빠, 꿈꿀 시간을 주세요!	E. 부젱 / 박주원	16,000원
2004 부모가 알아야 할 유치원의 모든 것들	N. 뒤 소수아 / 전재민	18,000원
2005 부모들이여, '안 돼' 라고 말하라!	P. 들라로슈 / 김주경	19,000원
2006 엄마 아빠, 전 못하겠어요!	E. 리공 / 이창실	18,000원
3001 《새》	C. 파글리아 / 이형식	13,000원
3002 《시민 케인》	L. 멀비 / 이형식	근간
3101 《제7의 봉인》 비평연구	E. 그랑조르주 / 이은민	근간
3102 《질과 짐》 비평연구	C. 르 베르 / 이은민	근간

【기 타】

▨ 모드의 체계	R. 바르트 / 이화여대기호학연구소	18,000원
▨ 라신에 관하여	R. 바르트 / 남수인	10,000원
▨ 說 苑 (上·下)	林東錫 譯註	각권 30,000원
▨ 晏子春秋	林東錫 譯註	30,000원
▨ 西京雜記	林東錫 譯註	20,000원
▨ 搜神記 (上·下)	林東錫 譯註	각권 30,000원
■ 경제적 공포[메디치賞 수상작]	V. 포레스테 / 김주경	7,000원
■ 古陶文字徵	高 明·葛英會	20,000원
■ 고독하지 않은 홀로되기	P. 들레름·M. 들레름 / 박정오	8,000원
■ 그리하여 어느날 사랑이여	이외수 편	4,000원
■ 딸에게 들려 주는 작은 지혜	N. 레흐레이트너 / 양영란	6,500원
■ 노력을 대신하는 것은 없다	R. 쉬이 / 유혜련	5,000원
■ 노블레스 오블리주	현택수 사회비평집	7,500원
■ 미래를 원한다	J. D. 로스네 / 문 선·김덕희	8,500원
■ 사랑의 존재	한용운	3,000원
■ 산이 높으면 마땅히 우러러볼 일이다	유 향 / 임동석	5,000원
■ 서기 1000년과 서기 2000년 그 두려움의 흔적들	J. 뒤비 / 양영란	8,000원
■ 서비스는 유행을 타지 않는다	B. 바게트 / 정소영	5,000원
■ 선종이야기	홍 희 편저	8,000원
■ 섬으로 흐르는 역사	김영희	10,000원
■ 세계사상	창간호~3호: 각권 10,000원 / 4호: 14,000원	
■ 십이속상도안집	편집부	8,000원
■ 얀 이야기 ① 얀과 카와카마스	마치다 준 / 김은진·한인숙	8,000원
■ 어린이 수묵화의 첫걸음(전6권)	趙 陽 / 편집부	각권 5,000원
■ 오늘 다 못다한 말은	이외수 편	7,000원
■ 오블라디 오블라다, 인생은 브래지어 위를 흐른다	무라카미 하루키 / 김난주	7,000원
■ 이젠 다시 유혹하지 않으련다	P. 쌍소 / 서민원	9,000원
■ 인생은 앞유리를 통해서 보라	B. 바게트 / 박해순	5,000원
■ 자기를 다스리는 지혜	한인숙 편저	10,000원
■ 천연기념물이 된 바보	최병식	7,800원
■ 原本 武藝圖譜通志	正祖 命撰	60,000원

■ 테오의 여행 (전5권)	C. 클레망 / 양영란	각권 6,000원
■ 한글 설원 (상·중·하)	임동석 옮김	각권 7,000원
■ 한글 안자춘추	임동석 옮김	8,000원
■ 한글 수신기 (상·하)	임동석 옮김	각권 8,000원

【이외수 작품집】

■ 겨울나기	창작소설	7,000원
■ 그대에게 던지는 사랑의 그물	에세이	8,000원
■ 그리움도 화석이 된다	시화집	6,000원
■ 꿈꾸는 식물	장편소설	7,000원
■ 내 잠 속에 비 내리는데	에세이	7,000원
■ 들 개	장편소설	7,000원
■ 말더듬이의 겨울수첩	에스프리모음집	7,000원
■ 벽오금학도	장편소설	7,000원
■ 장수하늘소	창작소설	7,000원
■ 칼	장편소설	7,000원
■ 풀꽃 술잔 나비	서정시집	6,000원
■ 황금비늘 (1·2)	장편소설	각권 7,000원

【조병화 작품집】

■ 공존의 이유	제11시점	5,000원
■ 그리운 사람이 있다는 것은	제45시집	5,000원
■ 길	애송시모음집	10,000원
■ 개구리의 명상	제40시집	3,000원
■ 그리움	애송시화집	8,000원
■ 꿈	고희기념자선시집	10,000원
■ 따뜻한 슬픔	제49시집	5,000원
■ 버리고 싶은 유산	제 1시집	3,000원
■ 사랑의 노숙	애송시집	4,000원
■ 사랑의 여백	애송시화집	5,000원
■ 사랑이 가기 전에	제 5시집	4,000원
■ 남은 세월의 이삭	제 52시집	6,000원
■ 시와 그림	애장본시화집	30,000원
■ 아내의 방	제44시집	4,000원
■ 잠 잃은 밤에	제39시집	3,400원
■ 패각의 침실	제 3시집	3,000원
■ 하루만의 위안	제 2시집	3,000원

【세르 작품집】

■ 동물학	C. 세르	14,000원
■ 블랙 유머와 흰 가운의 의료인들	C. 세르	14,000원
■ 비스 콩프리	C. 세르	14,000원

| ■ 세르(평전) | Y. 프레미옹 / 서민원 | 16,000원 |
| ■ 자가 수리공 | C. 세르 | 14,000원 |

3002 《시민 케인》	L. 멀비 / 이형식	13,000원
3101 《제7의 봉인》 비평 연구	E. 그랑조르주 / 이은민	17,000원
3102 《쥘과 짐》 비평 연구	C. 르 베르 / 이은민	18,000원
3103 《시민 케인》 비평 연구	J. 루아 / 이용주	15,000원
3104 《센소》 비평 연구	M. 라니 / 이수원	18,000원
3105 〈경멸〉 비평 연구	M. 마리 / 이용주	18,000원

【기 타】

▨ 모드의 체계	R. 바르트 / 이화여대기호학연구소	18,000원
▨ 라신에 관하여	R. 바르트 / 남수인	10,000원
▨ 說 苑 (上·下)	林東錫 譯註	각권 30,000원
▨ 晏子春秋	林東錫 譯註	30,000원
▨ 西京雜記	林東錫 譯註	20,000원
▨ 搜神記 (上·下)	林東錫 譯註	각권 30,000원
■ 경제적 공포〔메디치賞 수상작〕	V. 포레스테 / 김주경	7,000원
■ 古陶文字徵	高 明·葛英會	20,000원
■ 그리하여 어느날 사랑이여	이외수 편	4,000원
■ 너무한 당신, 노무현	현택수 칼럼집	9,000원
■ 노력을 대신하는 것은 없다	R. 쉬이 / 유혜련	5,000원
■ 노블레스 오블리주	현택수 사회비평집	7,500원
■ 딸에게 들려 주는 작은 지혜	N. 레흐레이트너 / 양영란	6,500원
■ 떠나고 싶은 나라―사회문화비평집	현택수	9,000원
■ 미래를 원한다	J. D. 로스네 / 문 선·김덕희	8,500원
■ 바람의 자식들―정치시사칼럼집	현택수	8,000원
■ 사랑의 존재	한용운	3,000원
■ 산이 높으면 마땅히 우러러볼 일이다	유 향 / 임동석	5,000원
■ 서기 1000년과 서기 2000년 그 두려움의 흔적들	J. 뒤비 / 양영란	8,000원
■ 서비스는 유행을 타지 않는다	B. 바게트 / 정소영	5,000원
■ 선종이야기	홍 희 편저	8,000원
■ 섬으로 흐르는 역사	김영희	10,000원
■ 세계사상	창간호~3호: 각권 10,000원 / 4호: 14,000원	
■ 손가락 하나의 사랑 1, 2, 3	D. 글로슈 / 서민원	각권 7,500원
■ 십이속상도안집	편집부	8,000원
■ 얀 이야기 ① 얀과 카와카마스	마치다 준 / 김은진·한인숙	8,000원
■ 어린이 수묵화의 첫걸음(전6권)	趙 陽 / 편집부	각권 5,000원
■ 오늘 다 못다한 말은	이외수 편	7,000원
■ 오블라디 오블라다, 인생은 브래지어 위를 흐른다	무라카미 하루키 / 김난주	7,000원
■ 이젠 다시 유혹하지 않으련다	P. 쌍소 / 서민원	9,000원
■ 인생은 앞유리를 통해서 보라	B. 바게트 / 박해순	5,000원
■ 자기를 다스리는 지혜	한인숙 편저	10,000원
■ 천연기념물이 된 바보	최병식	7,800원
■ 原本 武藝圖譜通志	正祖 命撰	60,000원

■ 테오의 여행 (전5권)   C. 클레망 / 양영란   각권 6,000원
■ 한글 설원 (상·중·하)   임동석 옮김   각권 7,000원
■ 한글 안자춘추   임동석 옮김   8,000원
■ 한글 수신기 (상·하)   임동석 옮김   각권 8,000원

【만 화】
■ 동물학   C. 세르   14,000원
■ 블랙 유머와 흰 가운의 의료인들   C. 세르   14,000원
■ 비스 콩프리   C. 세르   14,000원
■ 세르(평전)   Y. 프레미옹 / 서민원   16,000원
■ 자가 수리공   C. 세르   14,000원
▨ 못말리는 제임스   M. 톤라 / 이영주   12,000원
▨ 레드와 로버   B. 바세트 / 이영주   12,000원
▨ 나탈리의 별난 세계 여행   S. 살마 / 서민원   각권 10,000원

【동문선 주네스】
■ 고독하지 않은 홀로되기   P. 들레름·M. 들레름 / 박정오   8,000원
■ 이젠 나도 느껴요!   이사벨 주니오 그림   14,000원
■ 이젠 나도 알아요!   도로테 드 몽프리드 그림   16,000원

【조병화 작품집】
■ 공존의 이유   제11시집   5,000원
■ 그리운 사람이 있다는 것은   제45시집   5,000원
■ 길   애송시모음집   10,000원
■ 개구리의 명상   제40시집   3,000원
■ 그리움   애송시화집   7,000원
■ 꿈   고희기념자선시집   10,000원
■ 넘을 수 없는 세월   제53시집   10,000원
■ 따뜻한 슬픔   제49시집   5,000원
■ 버리고 싶은 유산   제1시집   3,000원
■ 사랑의 노숙   애송시집   4,000원
■ 사랑의 여백   애송시화집   5,000원
■ 사랑이 가기 전에   제5시집   4,000원
■ 남은 세월의 이삭   제52시집   6,000원
■ 시와 그림   애장본시화집   30,000원
■ 아내의 방   제44시집   4,000원
■ 잠 잃은 밤에   제39시집   3,400원
■ 패각의 침실   제3시집   3,000원
■ 하루만의 위안   제2시집   3,000원

東文選 現代新書 153

세계의 폭력

장 보드리야르 / 에드가 모랭
배영달 옮김

충격으로 표명된 최초의 논평 이후 2001년 9월 11일의 뉴욕 테러 사건을 어떻게 해석해야 할까? 미국 영토에서 발생한 테러리즘에 대한 이 눈길을 끄는 표현은 무엇을 의미하는 것일까?

아랍세계연구소에서 개최된 이 두 강연을 통해서, 장 보드리야르와 에드가 모랭은 이 사건을 '세계화'의 현재의 풍경 속에 다시 놓고 생각한다.

보드리야르의 관점에서 보면 쌍둥이 빌딩이라는 거만한 건축물은 쌍둥이 빌딩의 파괴와 무관하지 않으며, 금융의 힘과 승승장구하던 자유주의에 바쳐진 세계의 상징적 붕괴와 무관하지 않다. "극단적으로 말해서 테러리스들이 이 일을 저질렀지만, 그것은 우리가 원하는 바였다."고 그는 역설한다.

자신이 심사숙고한 중요한 주제들이 발견되는 한 텍스트를 통해, 에드가 모랭은 테러 행위를 가능하게 만들었던 역사적 조건들을 상기시키고, 나아가 다른 미래를 창조하기 위해 세계적인 자각에 호소한다.

이 두 강연은 현대 테러리즘의 의미와, 이 절대적 폭력이 탄생할 수 있는 세계의 상황을 이해하는 데 매우 중요한 것이 되고 있다.

東文選 文藝新書 9

神의 起源

何 新 지음
洪 熹 옮김

　문화란 단층이나 돌연변이를 낳지 않는다. 따라서 중국의 상고시대에
대한 연구는 신화의 바른 해석에서부터 시작되어야 하며, 그 방법은 고고
학·인류학·민속학·민족학은 물론 언어학까지 총동원되어야 한다. 그래
야만 과학적 접근을 통한 인간 삶의 본연의 모습을 오늘에 적용할 수 있
기 때문이다.

　중국의 소장학자 何新이 쓴 《神의 起源》은 문자의 훈고와 언어 연구를
기초로 한 실증적 방법과 많은 문헌 고고자료를 토대로 중국 상고의 태양
신 숭배를 중심으로 중국의 원시신화, 종교 및 기본적 철학 관념의 기원
을 계통적으로 거슬러 올라가 탐구하고 있다.

　'뿌리를 찾는 책'이라는 저자의 말처럼 이 책은 중국 고대 신화계통에
대한 심층구조의 탐색을 통하여 중국 전통문화의 뿌리가 되는 곳을 찾아
보려 하고 있다. 즉 본래의 모습을 찾되 단절되거나 편린에 그친 현상의
나열이 아님을 강조한 것이다.

　이 때문에 그는 이 책의 체제도 우선 총 20여 장으로 나누고 있다. 그
속에는 원시신화 연구의 방법론과 자신의 입장을 밝힌 十字紋樣과 太陽
神 부분을 포함하고, 민족문제와 황제, 혼인과 생식, 龍과 鳳에 대한 재해
석, 지리와 우주에 대한 인식, 음양논리의 발생, 숫자와 五行의 문제 등을
고대문자와 언어를 과학적으로 분석하여 근거로 제시했으며, 여러 문헌의
기록도 철저히 재조명해 현대적 해석에 이용하고 있다.

　그외에도 원시문자와 각종 문양 및 와당의 무늬 등 삽화자료는 물론,
세계 여러 곳의 동굴 벽화까지도 최대한 동원하고 있다. 특히 도표와 도
식·지도까지 내세워 신화와 원시사회의 연관관계를 밝힌 점은 아주 새로
운 구조적 분석이라 할 수 있다. 이렇게 하여 그는 일반적 서술 위주의
학술문장이 자칫 범하기 쉬운 '가시적 근거의 결핍'을 극복하고 있다.

東文選 文藝新書 29

조선해어화사
(朝鮮解語花史)

李能和 지음 / 李在崑 옮김

일제 식민통치 중엽인 소위 그들의 문화정치 시대에 출간된 이 《朝鮮解語花史》는 여러 종류의 典籍에서 자료를 수집·발췌하여, 고대에서 근대에 이르기까지 주관적인 입장에서 서술한 우리 나라 文獻史上 최초의 妓生史로서 풍속·제도사적인 위치에서 그 가치관을 찾을 수 있다.

본서의 특징은 방대한 자료수집이다. 위로는 實錄에서부터 개인의 私撰인 稗官文學에 이르기까지 많은 자료를 발굴하여 紀傳體 형식으로 편찬하였다는 데 있다. 한 가지 아쉬운 점은 논술이 좀 산만하다는 즉, 자료로서의 가치를 더 느낀다는 점이다. 이것은 개화기와 현대화의 중간인 과도기적 학문이기 때문이라는 것으로서 이해가 된다.

본서를 내용면으로 보면 고려와 조선시대의 기생은 賤人 계급에 속하였다. 그러나 이들은 위로는 王候將相에서부터 아래로는 無名의 閑良에 이르기까지 귀천의 차별을 두지 않았다. 국제적 외교 要席이나 국내 政界 要人의 要席에까지 중요한 역할을 하였음을 볼 수 있으며, 특히 詩歌를 비롯해서 전통무용 등은 그 일부가 그들에 의해 계승 발전되었음을 느끼게 한다. 관계 분야에 관심 있는 분들에게는 적잖은 도움이 되리라고 믿는다.

우리나라 민속학의 선구자인 李能和 선생은 漢語學校를 졸업하고 官立 法語學校를 修學하였으며, 여러 학교 교관으로 전전하다가 1912년에 能仁普通學校 校長으로 있으면서 《百教會通》의 출간을 시작으로 1921년에는 朝鮮史編修委員이 되면서 많은 자료를 접할 수 있는 계기가 마련되었을 것으로 추측된다.

東文選 現代新書 130

武士道란 무엇인가
— 일본정신의 뿌리

니토베 이나조 / 심우성 옮김

　'무사도란 무엇인가'로 시작되는 이 책은 그의 근원을 찾아 의 (義)·용(勇)·인(仁)·예(禮)·성(誠)을 살피며, 무사는 이를 통하여 무엇을 배우고 연마했는가를 제시하고 있다.

　'사는 용기, 죽는 용기'의 장에서는 할복(割腹)을 의식 전례로 들면서 '야마토 다마시〔大和魂〕'가 바로 일본 민족의 '아름다운 이 상'임을 강조하고, '무사도는 되살아나는가'·'무사도의 유산에서 무엇을 배워야 할까'로 마무리하고 있다.

　이 책은 일본을 전혀 모르고 동양에 대해 무지한 서양인에게 '일 본의 고상한 정신과 무사도의 짜임새 있는 행동체계'를 성공적으 로 전해주는 책이다. 책의 강점은 서양에 대한 이해와 풍부한 상식 을 기본으로 일본문화를 깊이있게 알게 한다는 점. 시간을 거슬러 저자 니토베의 작가로서의 역량을 아는 것만으로도 읽을 가치가 있다. 또한 프랑스 인상파 화가들 사이를 풍미했던 '일본풍'과 마 찬가지로 서구에 일찌감치 줄을 대고, 그 연결을 단단히 했던 일 본인들의 적극적인 대 서구전략의 결과를 오늘 확인할 수 있다.

　특히 마지막 대목에서 저자 니토베는 일본에 있어 간단 없는 추진 력의 바탕은 바로 무사도이며, 그것은 명예와 용기, 그리고 소중한 무덕(武德)의 유산이기에 불멸의 교훈으로 삼아야 함을 강조한다.

　불사조는 자기를 태운 재 속에서 되살아나는 것임을 설파하는 가운데 무사도는 불멸의 교훈으로 시공을 넘어 일본 정신으로 이 어져 갈 것임도 내다보고 있다.

東文選 文藝新書 44

朝鮮巫俗考

李能和 지음 / 李在崑 옮김

우리나라 근세 민속학의 여명을 불러온 이능화 선생의 장편논문.

　우리나라 민속학의 효시로는 1927년에 발표된 이능화의 《조선무속고》를 들지 않을 수 없다. 그는 무속 가운데서 우리의 민중문화를 찾아볼 수 있다고 확신하고 무속에 관한 사료를 모아 정리하였을 뿐만 아니라 학문적인 연구를 깊이 하였던 것이다. 고대 무속의 유래에서부터 시작하여 고구려·백제·신라의 무속과, 고려·조선조의 무속에 이르기까지의 무속의 역사·제도·神格·儀式 등을 분석했고, 또 민중사회의 무속과 각 지방의 무속 등을 사적 문헌들을 통하여 세밀히 정리하였으며, 나아가 중국과 일본의 〈巫〉에 대한 연구까지를 곁들여 비교연구하기에 이르렀다. 따라서 그의 무속에 관한 이와 같은 연구는 우리나라에서 최초의 토착신앙에 대한 典籍의 위치를 점하게 되었다. 아울러 그의 이러한 연구는 후학들에게 무속의 신앙성과 신화성·문학성·음악성·무용성을 비롯해서 민중의 집단회의로서의 역할, 맹인무당의 유래와 지방별의 차이, 맹인무당과 광대와의 관계 등 무속이 갖는 사회 기능적 측면에 이르기까지 구체적 항목들을 과제로 남겨 놓은 셈이 된다.

　무속과 불교·도교·현대 기독교와의 관계, 중국·일본·만주 및 시베리아 무속과의 비교연구, 서구의 기독교적 관점에서 본 〈샤머니즘〉과 무속과의 차이, 무속이 우리 문화에서 차지하는 성격과 기능에 관한 연구도 우리에게 남겨 준 과제이다. 이러한 점에서 《조선무속고》는 원문이 한문이어서 불편한 점은 있었으나, 이번에 번역 출간됨으로써 이 방면의 유일한 안내 또는 입문서가 되는 것이다.

東文選 文藝新書 32

生育神과 性巫術

宋兆麟
洪　熹 옮김

　인류 사회의 발전은 기본적으로 두 갈래의 큰 줄기가 있다.

　하나는 물질적 생산으로 산식문화(産食文化)라 하고, 다른 하나는 사람의 생산으로 생육문화(生育文化)라 한다. 본서는 중국의 생육문화, 즉 연애 · 결혼 · 가정 · 임신과 생육 · 교육은 물론 더 나아가 생육에 대한 각종 신앙, 이를테면 생육신화 · 생육신 · 성기신앙 · 예속 · 자식기원 무속 등 생육신앙을 탐색한 연구서이다.

　한국과 중국은 고대로부터 오늘날까지 유구한 역사적 관계를 가지고 있다. 특히 민속문화에 있어서는 많은 공통점과 차이점이 있다. 그럼에도 불구하고 그동안 이 방면의 학문적 교류가 거의 단절되어 왔다.

　본서의 저자인 송조린 교수는 오랫동안 고대사 · 고고학 · 민족학에 종사한 중요한 학자로서 직접 현장에 나가 1차 자료를 수집한 연후에 그것을 역사문헌 · 고고학 발견과 결합시키고, 많은 학문 분야와 비교 연구하여 중국의 생육문화의 발전 맥락 및 그 역사적 위상을 탐색하고 있다.

　본서는 중국의 생육문화를 살피는 것은 물론 우리의 생육문화 탐구에 많은 공헌을 할 것임에 틀림없다. 또한 우리의 민속학 · 민족학의 연구 방향과 시야의 폭을 넓혀 줄 것이다.

東文選 文藝新書 77

권법요결(拳法要訣)

海帆 金光錫 著

우리 무예의 체통을 찾는 이론적 지침서

본서는 조선 정조의 명으로 편찬된 《무예도보통지武藝圖譜通志》에 실린 18가지 무예, 즉 〈십팔기十八技〉기 중 〈권법拳法〉 항목을 해제하였다.

흔히 중국무술로 오인받고 있는 〈십팔기〉는 조선 무예의 정형으로서 영조 때 사도세자가 섭정할 때 〈본국검本國劍〉·〈월도月刀〉·〈장창長槍〉·〈기창旗槍〉·〈당파鐺鈀〉·〈협도挾刀〉·〈쌍검雙劍〉…… 등 18가지 무예에 붙인 이름으로 나라의 무예로서, 진정한 의미에서의 〈국기國技〉라 할 수 있다. 본서는 그중에서 모든 무예의 기본이 되는 〈권법〉에 대한 이론과 실기를 동작그림과 함께 상세히 설명하고 있다.

주요 내용으로는 〈삼절법三節法〉·〈심법心法〉·〈안법眼法〉·〈수법手法〉·〈신법身法〉·〈보법步法〉·〈오행五行〉·〈경론勁論〉·〈내공內功〉 등에 대한 이론과 수련법이 실려있다.

특히 〈경론勁論〉에서는 〈경勁과 역력의 차이점〉〈경勁의 분류〉〈점경粘勁〉〈화경化勁〉〈나경拿勁〉〈발경發勁〉〈차경借勁〉을 다루고 있는데, 역력과 경勁의 차이점을 들어 연마와 내적 수련의 힘이 어떤 것인가를 설명하고 있다. 무예인들에게는 더할나위 없이 귀중한 이론들이다.

또한 조선시대 기인인 북창北窓 정렴 鄭磏 선생이 남기신 비결서 〈용호비결龍虎秘訣〉의 수행법 전문을 최초로 공개하여 해설하고 있다.

東文選 文藝新書 58

꿈의 철학
— 꿈의 미신, 꿈의 탐색

劉文英 지음
何永三 옮김

꿈의 미신과 꿈의 탐색은 종교와 과학이라는 서로 다른 두 개의 범주에 속한다. 저자는 꿈의 미신에서 占夢의 기원과 발전, 占夢術의 비밀과 流傳, 꿈에 대한 갖가지 실례와 해석을 들어 고대인들의 꿈에 대한 미신을 종교학적 측면에서 다루고 있으며, 꿈의 탐색에서는 꿈의 본질과 특징, 꿈에 관한 구체적 문제들과 꿈을 꾸는 생리적·정신적 원인들에 관한 토론을 계통적으로 연구하고 있다.

프로이트 이후 최대의 업적으로 평가받고 있는 이 책은, 그동안 꿈에 대한 서양식의 절름발이 해석에서 벗어나 동양인의 서양인과는 다른 독특한 사유구조와 이에 반영되어 있는 문화체계를 이해하는 데에 크게 도움을 줄 것이다. 꿈에 대한 미신은 인간의 꿈에 대한 일종의 몽매성을 반영하고 있으므로 해서 중국 문화를 연구하는 현대 학자들은 오랫동안 일고의 가치도 없는 것으로 여겨 왔다. 그러나 꿈에 대한 미신은 하나의 문화현상으로 그 역사적인 측면에서도 매우 오래 된 원류를 갖고 있을 뿐만 아니라, 사회생활과 사회심리학적인 수많은 부분에 대해 영향을 미쳐 왔으니 만큼, 각종의 다른 종교를 대하는 것과 마찬가지로 진지하게 이를 분석하고 연구해야 할 것이다.

이 책의 저자는 오랫동안 중국 고대 철학을 전공한 학자로서 꿈에 관련된 갖가지 문화현상을 둘러보고, 그로부터 고대 중국인들의 심리상태와 그들이 추구하고자 했던 바와 사유방식 등을 이해하고자 하였다. 이를 위해 저자는 중국 고대 해몽의 기원과 발전에서부터 현대의 꿈에 대한 정신적 분석에 이르기까지 방대한 자료와 해박한 지식으로 명쾌하게 꿈을 분석해 나가고 있다.

東文選 文藝新書 55

역과 점의 과학

永田 久 지음

沈雨晟 옮김

달력이란 무엇인가?

　자연의 법칙을 추구하는 마음을 가지고 '때'를 이해하기 위한
노력은 인류의 역사와 함께 오늘에 이르고 있다. 그리하여 천문(天
文)·신화·민속·종교 등이 혼재되어 있는 인류의 지혜의 결정체
로서 역(曆)이 만들어졌음을 알 수 있다.

　역은 수(數)로서 연결되어 있다. 수와 수가 결합된 것을 논리라
하고, 이 논리를 천문이나 민속 쪽에서 정리한 것이 역이다.

　이 수와 논리가 과학의 세계로부터 인간의 마음의 세계로 이어
지면서 때의 흐름에 생명을 부여할 때. 역은 점(占)으로의 가교역
이 되는 것이라 생각된다. 그러니까 역의 수리(數理)에 접착시킨
꿈과 상념이 우리들 앞에 나타나는 것이다.

　역이 존재하고 있는 곳에 반드시 점이 있다. 과학으로서의 역으
로부터 비과학으로서의 점이 생겨난다. 바로 이것이 인류가 살아
온 실제의 모습이 아니었을까.

　이 책은 고대의 역으로부터 현재의 그레고리오역에 이르기까지
를 더듬어, 시간을 나누는 달〔月〕과 주〔週〕의 주변을 탐색하면서,
팔괘(八卦)·간지(干支)·구성술(九星術)·점성술(占星術) 등의 구
조를 수(數)에 의해 밝혀 보고자 하였다.

東文選 文藝新書 5

남사당패 연구
男寺黨牌研究

沈雨晟 지음

우리는 일반적으로 演戱를 그저 하나의 여흥 수단으로 넘겨 버리는 옳지 못한 습성을 갖고 있다. 예술을 생활을 떠난 관념의 소산으로 아는 인습이 조선왕조의 폐쇄적 道樂思想 등으로 하여금 더욱 고질화시키는 역할을 해온 것 같다. 道樂的 審美欲의 노예가 되어 민중의 생활과는 아무런 관계도 없이 그 함수 관계를 차단하며 다분히 통치 권력의 지배 수단으로 發牙한 향락적·예술적 형태와는 달리, 오히려 이들과 대립 관계에 서면서 이 땅의 원초적 民主平等思想을 바탕으로 한 民衆藝術로 부각되어 나타난 것을 남사당놀이로 보는 것이다.

남사당패란 우리의 오랜 역사에서 민중 속에서 스스로 형성, 연희되었던 流浪藝人 集團을 일컫는 것으로 그 배경은 말할 것도 없이 민중적 지향을 예술로서 승화하여 온 진보적 구성으로 보아야 할 것이다. 그것은 反人的 自然과 人性에 대한 대립적 존재로서 민중의 實生活史와 같은 맥락을 갖는 것이다. 그들의 형성 배경에 대한 사소한 부정적 異見들은 가시덤불의 민중사를 통찰해 보면, 뜨거운 애정으로 감싸질 畵蛇添足에 불과한 것이라 하겠다.

■ 남사당패의 형성에 대하여 / 풍물놀이考 / 버나(대접돌리기) 演戱考 / 살판(땅재주)에 관한 考察 / 어름(줄타기) 演戱考 / 덧뵈기 演戱考 / 덜미(꼭두각시놀음)에 관한 考察 / 덜미 採錄本의 종류